ハーレクイン文庫

拒絶された億万長者

アン・メイザー

松尾当子 訳

HARLEQUIN BUNKO

THE BRAZILIAN MILLIONAIRE'S LOVE-CHILD

by Anne Mather

Published by Harlequin Japan, a Division of K.K. HarperCollins Japan, 2022

拒絶された億万長者

◆主要登場人物

イザベル・ジェイムソン……雑誌のライター。
エマ……イザベルの娘。
デヴィッド・テイラー……イザベルの元夫。故人。
サミュエル・アームストロング……イザベルの叔父。
オリヴィア・アームストロング……イザベルの叔母。
アレジャンドロ・カブラル……会社経営者。
ミランダ・カブラル……アレジャンドロの妻。故人。
アニータ・シルヴェイラ……ミランダの母親。作家。
カルロス・フェレイラ……アレジャンドロの友人。

1

「あの男性は誰？」

ソニア・レイトンが腕を突いてきたとき、イザベルは、酔った客がパンチにまたひと瓶ウオッカを注ぎ入れようとするのを止めているところだった。

「誰なの？」ソニアがつめ寄る。「ねえ、知ってるはずでしょう。あなたが招待したんだもの」

「違うわ。招待したのはジュリアよ」イザベルは短く答えつつ、もう充分強くなっているごたまぜの酒が危険な爆弾と化すのを食い止めた。

「つまんないやつだな、君は」酔っぱらいは文句を言い、ウオッカをらっぱ飲みした。

「堅いこと言うなよ。パーティなんだからさ」

「でも、オールナイトのお祭りじゃないのよ」お酒をストレートでそれだけ飲んだら、どうなることか。

「彼が誰なのか、まだ教えてもらっていないわよ」ソニアは不満げだ。「あなたが招待したんじゃなくても、ここはあなたのアパートメントでしょう。ジュリアが誰を呼んだかは知ってるはずよ」

イザベルはやれやれとため息をつき、ソニアの言う方向に視線をやったが、見るまでもなかった。その男性のことは、ジュリアが連れて入ってきたときから気づいていた。先ほど一瞬目が合ったときにはどきっとしてしまったが、それは向こうがイギリス人に見えないせいだ、と自分に言い聞かせた。けれど実のところ、見たことがないほど魅力的な男性だ。

長身で黒髪、年はおそらくジュリアより下だろう。豊かなストレートヘアは襟元にかかる丈で、長めの前髪を額に垂らしている。瞳の色はわからないが、きっと髪と同じ黒で、男らしさあふれる凛々《りり》しい顔を引き立てているにちがいない。

今、彼は、部屋の奥の窓台に前屈《かが》みの姿勢で腰かけていた。引きしまった褐色の手の一方を腿にのせ、もう一方には栓を抜いたビールの瓶を持っている。しかし、ビールにもパーティにも、我が物顔で彼の肩に腕をかけている女性にも、関心がない様子だ。

「名前なんて知らないわ」イザベルは言った。ソニアが直接ジュリアにききに行かないのは、ジュリアが自分の領域に踏みこまれるのを嫌うからだ。

「ああ、もう!」ソニアは残念がった。「あの人、どこかで会ったことがあるわ。先週のハムデン邸かしら？　でも、それじゃあなたにはわからないわよね」ばかにしたようにイザベルを一瞥《いちべつ》する。「あなたはパーティが好きじゃないんだもの、ね？」

「この手のパーティはね」イザベルはいくぶん乾いた口調で答えた。ジュリアの頼みなど聞かなければよかったとも思うが、彼女のところよりも自分のアパートメントのほうがずっと広いし、友人の言うことをはねつけるのは冷たい気がする。

「じゃあ、自分で行ってきいてくるしかないわね」ソニアはそう言ってグラスをつかみ、自分用にパンチをたっぷりついだ。「これ、ちゃんとアルコールが入ってるのかしら？ 刺激が足りないわ」

イザベルは首を振るだけで、あえて返事はしなかった。これが薄いだなんて、ふだんからもっと濃いお酒を飲んでいる証拠だ。イザベルの用意したワインとジュースのパンチに、ジュリアが少なくともラム酒をまるごとひと瓶加えていたのは間違いない。

部屋を見まわしてみたが、泥酔している客はごく少数だった。ドラッグの持ちこみはお断りだとジュリアには言ってあったが、目がうつろで足元のおぼつかない客がいれば、疑ってみなければならない。

BGMも、誰かが大音量のラップに変えたようだ。床の上でいちゃいちゃしている男女を見ていると、イザベルはなんだか老けた気がしてきた。といっても、十代のころでさえ、そんなふうに誰彼かまわずべたべたした覚えはなかったが。

パーティが終わったあとも、私はここで暮らしていかなければならないのだ。乱痴気騒ぎになってしまったら、このモーティマー・コートの住人たちは許さないだろう。すでに隣のミセス・リットン‐スマイスから、地下駐車場の入口が大量の車でふさがれているとの苦情を受けているし、真下に住む二人の医師のところには、朝から患者が来るのだ。

イザベルはため息をもらし、ふだんは居間兼ダイニングルームとして使っている広い部屋を出て、隣の狭いキッチンに入った。音楽もここまではあまり聞こえてこない。空になった缶やワインボトル、テイクアウト料理の残骸《ざんがい》をじっと見つめる。腕時計に目をやると、もう夜中の零時をまわっていた。ジュリアはいつまでパーティを続ける気なのだろう。

イザベルは疲れていた。その日は朝の六時半に起き、有名なメイクアップ・アーチストについての記事を書いた。明日の朝までに仕上げて提出すると編集者に約束した記事だ。いや、もう明日ではなく、今日の朝だ。パーティを来週末に延期するようジュリアに頼めばよかったのかしら。しかし、これは彼女の三十歳の誕生パーティだ。延期すれば、誕生日当日に祝えなくなる。

またもやため息をついて振り返ったイザベルは、ドア枠に肩をもたせかけてたたずむ人影を目にし、はっと息をのんだ。先ほどソニアから名前をきかれた男性だ。引きしまった体にぴったりとしたジーンズと黒いシルクのシャツを合わせ、袖口《そでぐち》はまくり上げている。セクシーとしかいいようのない姿だ。

「あら」名前を知らないので、どう呼びかけていいのかわからず、ぎくしゃくした言い方になる。「こんばんは。ええと……何か食べる？」

「いや、いいよ《ナウン・ケホ・ナダ》。ありがとう《オブリガード》」低音の心騒がせる声だ。「食べ物はいらない」訛《なまり》のあるその響きにイザベルはしびれた。「君を捜していたんだ」

「私を！」これ以上の驚きはなかった。だいたい、ジュリアと共通の友人などほとんどいない。彼女とは大学で同級だったが、卒業後は五年以上連絡をとらなかったこともあった。

「そう《シン》、君さ」その人なつっこい笑顔のせいか、親しみのこもった言葉に聞こえる。「たぶん君も僕と同じで……なんというか《コモ・セ・ディズ》……ここにいる連中にうんざりしているんだろう？」

　イザベルは眉をひそめた。なるほど、彼はポルトガル人なのだ。会話にそれらしき単語が交じっている。けれど、ジュリアが今の言葉を聞いていたら、ひと晩じゅう彼を責めつづけるにちがいない。

「私はただ……片づけをしていただけよ」イザベルはやっとの思いで言った。この男性が私に会いに来たなんて、信じられない。ごく平凡な人間に興味を持つタイプには、とても見えなかった。それに私は、たった二年の間に結婚と離婚を経験した若い女性にしては魅力的かもしれないが、脚線美を誇るブロンド女性というわけではない。

「えっ？《ケ》」男性は眉を寄せた。「君は……使用人《ドメスティカ》なんかには見えないけど」

「そうじゃないのよ」イザベルは彼の言葉にほほ笑むしかなかった。「ここは私のアパートメントなの。ジュリアは……あなたの恋人のことだけど……」そんな言葉を使いたくないのはなぜだろう？「私の友人なの」

「なるほど」彼はドア枠に頭をもたせかけ、こちらをじっと見た。その瞳は一風変わった琥珀《こはく》色だった。黒く濃いまつげに縁取られた目で見つめられ、体の奥がぞくぞくしてくる。こんなふうに男性に惹《ひ》かれたのは、デヴィッドと別れて以来初めてだ。そう気づいたイザベルは、自分を心の中でたしなめた。

　男性がキッチンの中へ入ってきた。イザベルは大きく目を見開いた。胸の内には不安ばかりでなく、経験したことのない期待感もあった。きっとパンチを味見しすぎたせいだ。しっかりしなさい、ベル、と自分に言い聞かせる。だが、彼は持っていたビール瓶をキッチンの水切り台に置いただけだった。面白そうに口元を緩ませているのは、こちらの見せたささやかとはいえない反応に気づいたからだろうか。

　彼はその場にとどまったまま、しばし考えてから言った。「じゃあ、君がイザベルだね？」

「ええ」イザベルはやや驚きながらもうなずいた。「イザベル・ジェイムソンよ」そして、ためらいがちに尋ねた。「で、あなたは？」

「僕はアレジャンドロ・カブラル」彼は軽く頭を下げた。「お会いできてうれしいです《ムイント・プラゼ》」

「えっ、ああ、こちらこそうれしいです」握手を求められ、イザベルは面食らった。こんな形式ばった挨拶《あいさつ》はほとんどしたことがない。だが、彼の国ではそういう礼儀作法がまだ重んじられているのだろう。

アレジャンドロはイザベルの差し出した手を取り、口元に持っていった。そして、指の関節にキスをされるのではないかという彼女の予想を裏切り、手のひらに温かなキスをした。イザベルは一瞬、彼の舌が肌をかすめたように感じた。思いがけない出来事に頭が混乱し、錯覚を起こしたのかもしれないが。

すぐに手を引っこめてスラックスで拭《ぬぐ》い、何ごともなかったかのようにふるまえればよかったのだが、アレジャンドロは放してくれなかった。手を握ったまま、こちらの目をじっと見つめている。大胆な行動に出たうえに拒否反応を示されて、自分が相手を動揺させていることに気づいたらしい。

「ミスター・カブラル――」

「アレジャンドロでいい」彼がかすれ声で遮る。イザベルの口の中はたちまちからからになった。「君がイザベルと呼ばせてくれるならだけど。とてもすてきな名前だね。僕の祖母はイザベラというんだ。僕の国ではよくある名前さ」

イザベルは乾いた唇を舌先で湿し、とまどい半分、苛立《いらだ》ち半分で、首を振った。彼はどこでこんな誘惑のテクニックを身につけたのだろう。イギリスではないはずだ。年のころは二十五、六かしら。こちらはもうすぐ三十だというのに、及びもつかない未熟者になった気がする。

「好きなように呼んでくれていいわ、ええと、アレジャンドロ」イザベルは言った。「その手を放してくれるなら」ようやく手を引っこめ、なんとか笑顔を作る。「あまり楽しめていないみたいね？」

アレジャンドロは肩をすくめた。高級なシャツの下で広い肩がしなやかに動く。「君もだろう？　だからここに隠れているんじゃないのかい？」

イザベルは蜂蜜《はちみつ》色に輝く髪よりいくぶん濃い色あいの眉をつり上げ、きっぱりと言った。「隠れてなんかいないわ。だって、こんなに簡単に見つかるところにいるのよ」

アレジャンドロはいぶかしげな目つきでイザベルを見つめた。「一緒に隠れようか」そう言うと、片手を伸ばし、彼女の唇から顎にかけてのラインを指先でなぞった。「どう？」

イザベルは反射的に後ずさった。「いいえ、けっこうよ！」こんな事態を招いた自分に腹が立って叫ぶ。どんな女だと思われたか知らないが、一夜限りの関係を持つ気になどなれない。彼の欲望を満たす役はジュリアに任せればいいのだ。ほかのどんな男性とだって、かかわるつもりはいっさいなかった。

だが運の悪いことに、足元に空のビールケースが置かれていた。バランスを失いかけたイザベルは、とっさにカウンターにつかまった。思いがけず指先が、アレジャンドロの引きしまった腹筋をかすめる。たちまち体がかっと熱くなった。つい先ほど触れられたときと同じ反応だ。しかし、彼が体を支えようと手を差しのべてくる前に、慌てて距離をとった。

「パーティに戻ったほうがいいわよ、ミスター・カブラル」すでにアレジャンドロと呼んでいたにもかかわらず、イザベルは姓で呼びかけた。「きっと今ごろジュリアが捜してるわ」

「それがなんだっていうんだ？」アレジャンドロの声が親密な響きを増す。

「彼女にとっては大事《おおごと》よ」イザベルはそっけなく言い、会話を明るい方向へ持っていこうとした。「ポルトガルではよくパーティをするんでしょうね」

アレジャンドロは肩をすくめると、両腕を広げて背後のカウンターに手をついた。「僕はポルトガルでパーティはやらない」乾いた口調で答える。「僕はポルトガル人じゃない、ブラジル人だ」

イザベルは口をぽかんと開けた。ぶつけた足首がずきずきと痛むことも、彼を追い払おうとしていたことも忘れ、目を丸くして言った。「すてき！　南アメリカには一度行ってみたいと思っていたのよ」

「本当に《ジ・ベルダージ》？」

その言葉の意味はわからなかったが、イザベルは急いで続けた。「じゃあ、ロンドンで働いているの？　あなたも広告宣伝業界のお仕事を？」

ないよ」

「いや《ナウン》」アレジャンドロは唇をすぼめ、おどけるように言った。「自分を宣伝する趣味は

「あらそう」イザベルはそう言いつつ、内心残念に思った。男性用のセクシーな香水か何かのコマーシャルで、泡立つ海から彼が裸で上がってきて歩きだす場面が目に浮かぶ。

「じゃあ、どんなお仕事？」考えていることが目に出てしまいはしないかと気にしながら、続けてきく。「今は休暇中とか？」

「ジ・フェリアシュ？」彼は面白そうに言った。だが意味がわからずとまどうイザベルの顔を見ると、こう言い直した。「休暇中かだって？　イギリスでは十一月に休暇があるのかな？　アシュ・ケ・ナウン。ないと思うけど」

「あら、そうね……」べつにそんなに興味があるわけじゃないわ。イザベルは心の中でつぶやき、先ほど彼が置いた瓶に手を伸ばした。しかし、中身が半分残っていることに気づいたのは、瓶をつかんだあとだった。ビールがシャツに飛び散った。「まったくもう」思わずきつい言葉が口から出た。「飲み終わってないんだったら、先に言ってよ」

「すまない《ムイタ・ペナ》！」アレジャンドロはカウンターからぱっと離れ、イザベルの手から瓶を取り上げた。「悪かった」そう言ってイザベルの背後のシンクに瓶をほうりこみ、彼女のシャツに視線を落とした。濡《ぬ》れたシャツの生地がレースの施されたハーフカップのブラジャーに張りつき、胸のラインがあらわになっている。「どうしたらいいかな？」彼はイザベル

のシャツのボタンに指をかけた。「さあ《ポル・ファボール》、僕が脱がせてあげよう」

イザベルは耳を疑った。思わずアレジャンドロの手を払いのける。「何するのよ！　やめて！　誰かが入ってきたらどうするの？」

アレジャンドロの口元に浮かんだ笑みが、下心の表れであるのは間違いない。だが、彼は素直に両手をイザベルの華奢《きゃしゃ》な肩へと移した。「じゃあ、やめてと言ったのは、人に見られるのが心配だからなんだね？」琥珀色の瞳に金色の炎を燃やしながら、こちらを食い入るように見つめる。「よかった《ムイント・ベイン》」

イザベルは自分の体が震えているのに気づき、憤りを覚えた。私ったら、いったいどうしたの？　デヴィッドと出会ったときでさえ、これほど彼の一挙一動に翻弄《ほんろう》されはしなかった。認めたくはないが、これほど心が浮き立ちもしなかった。

「放して」イザベルは張りつめた声で言った。「あなたは思い違いをしているようね」

「放したくないと言ったら？」彼はささやきながら、イザベルの襟の内側を親指で探った。

「そんなの関係ないわ」イザベルは、どれだけ動揺しているかを悟られまいとして言った。「ジュリアからどう聞いているか知らないけれど、私はなりゆき任せの情事には興味がないの」

アレジャンドロは衝撃を受けたようだった。琥珀色の目がふいに陰り、暗い色調を帯びる。だが、イザベルを放しはしなかった。「僕だってそうさ」きっぱりと言う。「それに、ジュリアから君の話は聞いていない。意外かもしれないけどね」

　イザベルは顔を赤らめた。「私はただ……」

「わかってる」彼の視線がイザベルを貫く。「でも、君はバージンじゃないような気がするけど？」

　アレジャンドロが指先に軽く力をこめる。イザベルは息をのんだ。「離婚歴があるの」

短く答える。「さあ、放してちょうだい」

「君を不快にさせてしまったから？」そのしかめ面も、このうえなく魅力的だ。「君の考えているようなことをするつもりはなかった」

「そうかしら？」アレジャンドロの魂胆など百も承知だったが、今は彼との間に息苦しさを感じずにすむだけの距離をとることが先決だ。彼の温かな吐息がこめかみをくすぐり、指先が肩に食いこんでくる。もう立っていられなくなりそうだ。「とにかく、あなたをつけあがらせるつもりはないわよ」

「つけあがらせる？」彼はおかしそうに言った。「僕がどういう人間だかわかるのか？」

　イザベルは肩をつかまれたまま、身じろぎした。「あなた自身、自分がどういう人間かよくわかっているんじゃないかしら。それに、あなただって女性を知らないわけじゃないでしょう」

　するとアレジャンドロは、セクシーな唇の隙間《すきま》から白い歯をのぞかせて笑った。「エスタ・セルトゥ。そのとおりさ、いとしい人《カーラ》。女性とベッドをともにしたことはある、確かに《シン》。何人か知りたいかい？」

「いいえ」イザベルがぞっとしたような表情を浮かべると、アレジャンドロは低い声で笑った。

「知りたくないだろうね」彼は気取ってそう言い、イザベルがその気配すら察知する前に、顔を傾けて彼女の下唇を軽く噛《か》んだ。

アレジャンドロの歯が柔らかな唇に食いこむ。しかしイザベルが感じたのは、痛みというより喜びだった。彼はイザベルの唇に魅惑的なタッチで舌先を触れさせていたが、やがて唇を重ね、歯の隙間から舌先を滑りこませてきた。

アレジャンドロの手のひらがうなじにあてがわれ、束ねていた髪がほどけるのがわかった。絹糸のような髪が耳を覆い、彼の指にも落ちかかる。彼のもらした喜びのうめきが、すべてを物語っていた。

抵抗の言葉をつぶやきつつも、イザベルは上の空だった。思いもよらぬ行動に出られ、非現実的な感覚に包まれていた。私のような人間に、こんなことが起こるはずがない。デヴィッドからはいつも冷めていると言われていたのに、アレジャンドロの腕の中にいる今、体じゅうに熱い血潮がたぎっているなんて。

アレジャンドロはイザベルの背中をカウンターに押しつけるようにして迫り、硬い体を密着させてきた。キスはやむことなく深みを増していく。手のひらでヒップを包まれ、ぐっと抱き寄せられて、彼を拒もうとするイザベルの意志は急速に薄れていった。

「そこの二人、いったい何をしているの？」

遠くから怒声が聞こえた気がした。だが、イザベルがやっと事の重大性を認識したのは、鋭い爪で腕をつかまれ、彼からぐいと引き離されたときだった。

ジュリアの姿が目に飛びこんできた。その表情を見た瞬間、イザベルは穴があれば入りたい気分になった。つい先ほどまでは天にも昇るような心地だったが、あのときはきっとどうかしていたのだ。

「ジュリア」イザベルはジュリアのほうに向き直った。「こ、これはべつに、あなたの思っているようなことじゃないのよ」

「そうかしら？」ジュリアは信じなかった。「いやだ、そのシャツについているのは血じゃない？」

これが血ならば、怪我《けが》をした自分をアレジャンドロが慰めてくれていただけだ、と言うこともできる。だが、どのみちジュリアが信じてくれるとは思えない。「ビールよ」イザベルはしぶしぶ本当のことを言った。「こぼれて全身にかかっちゃったの」

「全身で受けていたのは、ビールだけじゃないでしょう」ジュリアの口調は辛辣《しんらつ》だった。

「イッシー、私たちは友だちだと思っていたけど」

「私たちは……」

「酔っていたとでも？　私の恋人に手を出さなくたって、ほかにも男性はいるじゃない」

「ジュリア――」

「ちょっといいかな《シ・ファス・ファボール》」黙って聞いていたアレジャンドロが、割って入ってきた。「ジュリア、僕はひとりでこのパーティに来たんだ」ひややかな口調だ。「ぼくは、間違っても君の恋人ではない」

「ああ、お願いだから……」

　イザベルは取りなそうとした。アレジャンドロの顔がまともに見られない。自分でも認めがたい気持ちを、彼に対して認めることなどできなかった。

　それでも、アレジャンドロがジーンズの後ろポケットに手を突っこんでじっと立っている気配は感じられた。その手に撫《な》でさすられた感触は、今も残っている。イザベルは陶然としたが、そんな思いとはまるで釣り合わない表情が彼の顔には浮かんでいた。

「さっきまで私と一緒にいたじゃない！」ジュリアはアレジャンドロに向かって叫んだ。

「私がいなければ、ここにだって来なかったでしょう」

「君からの招待が紐《ひも》付きだったとは知らなかったね」アレジャンドロは冷たく言い放った。

「うぬぼれないでくれ、ジュリア。ミズ・ジェイムソンと話をするのに、君の許可など必要ない」

「話をする、ですって？」ジュリアはせせら笑った。「あれをそう言うの？　私が入ってきたとき、あなたはイザベルの喉に舌を這《は》わせていたわよね」

「それが君となんの関係がある？」彼の訛が強くなってきたことに、イザベルは気づいた。

「二人だけにしてくれないか、ジュリア。僕たちは、君みたいなお目付け役が必要なほど子供じゃない」

「あの……ミスター・カブラルはもう帰ったほうがいいんじゃないかしら」イザベルはアレジャンドロのほうを見ずに思いきって言った。「夜も遅いし」

アレジャンドロは鋭く息を吸い、声を荒らげた。「本心で言っているわけじゃないだろう？」しかし、イザベルが答える前にジュリアが口を挟んだ。

「本心よ」彼女の顔には勝ち誇った表情が浮かんでいた。「さよなら、アレックス。また来週ね」

イザベルはアレジャンドロのほうへさっと視線を移した。今のはどういう意味だろう？　彼はすでにドアに向かってずんずん歩いている。このまま何も言わずに出ていってしまうのかしら。

しかし、アレジャンドロはドア口で立ち止まった。そして片方の手でドア枠をつかみ、反対の手で乱れた黒髪をかき上げると、低い声で言った。「これで終わりじゃないからな、イザベル」その言葉が脅しなのか約束なのか、イザベルにはわからなかった。

「また会おう《ボウトウ・マイス・タールジ》」

どういう意味？

「ボア・ノイチ。おやすみ」

2

アレジャンドロが帰ったあと、二人の間には気まずい沈黙が流れた。やがてジュリアが口を開いた。「彼ったら、おかしな人ね」

イザベルは唇を引き結んだ。「ええ、でも、できればその話はあまりしたくないわ」腕時計を見ようと視線を落としたところで、シャツが体に張りついているのに気づき、自分の姿に嫌気が差した。「そろそろお開きにしたほうがいいんじゃないかしら。もう一時をまわっているし……」

「冗談でしょう?」ジュリアは唖然《あぜん》とした。「ちょうど盛り上がってきたところなのに」もどかしげな身振りで言う。「あなたがアレックスにちょっかいを出したからって、私は癇癪《かんしゃく》を起こしたりしないわよ。あなたとは長い付き合いなんだし――」

イザベルは片手を上げてジュリアの話を遮った。「彼とどこで知り合ったの？　〝また来週〟って、どういうこと?」

「あら」ジュリアは、はにかんでみせた。「彼から聞かなかった？　うちの会社は彼の会社から仕事を請け負っているの。〈カブラル・レジャー〉は南米の巨大企業でね。ヨーロッパ市場への進出を狙《ねら》っていて、うちがそのプロモーションを受託したのよ」

「まあ」イザベルはうなずいた。「なるほどね」

「そうなの。われらがアレックスは第一線で活躍している人なのよ。だから、さっきあなたが彼と一緒にいるのを見たら、衝撃を受けちゃって」

「本当に？」

イザベルは信じる気にはなれなかったが、ジュリアは話しつづけた。「本当よ、イッシー。彼は退屈していたんでしょう？　ああいう人たちは、むさくるしい場所にはあまり行かないだろうし」

イザベルは顔を背け、調理台の上に散らばっている空き缶をかき集めてごみ箱に捨てた。私のアパートメントはむさくるしい場所なんかじゃない、と言いたかった。だが、アレジャンドロがジュリアがほのめかしているように裕福なら、確かに日々一般大衆と交わっているわけではないだろう。

ジュリアは続けた。「ねえ、あともう一時間いいでしょう？　そうしたらみんなを帰すから」

アレジャンドロは歩いて宿泊先のホテルに戻った。

ロンドンの十一月の夜にしてはかなり暖かいのがありがたかった。というのも、急いで出てきたので、イザベルのアパートメントに革のジャケットを忘れてきてしまったのだ。わざと置いてきたわけではない。あのときは、帰ってくれと言われて腹が立ち、とにかく出ていくことしか頭になかったのだ。

今は、もう一度イザベルに会いたくてしかたがなかった。怒りが収まるや、ジュリアに邪魔されるまで味わっていたあの柔らかな肌が、ふいに誘いかけてきたあの唇が、記憶によみがえってきた。

イザベル。イザベラ。彼女はパーティにいたほかのどの女性とも、あきらかに違っていた。少々恥ずかしがり屋なところは、母国の女性たちを思わせる。とはいえ、あのとき彼女には口うるさいお目付け役などついていなかったような気がする。

ジュリアを除けば……。

アレジャンドロはいまいましげに唇を歪《ゆが》めた。ジュリアからパーティに誘われたとき、本当は断ろうと思っていた。仕事と遊びは混同しない主義なのだ。しかし、彼女のしつこさに根負けして参加した。どうせ、両親の期待をよそに、ほかに真剣に付き合っている女性もいないのだから、と。

アレジャンドロは顔をしかめた。イザベルで頭がいっぱいの今は、ミランダのことは考えたくなかった。この腕に抱いたイザベルの感触は、温かで柔らかくてセクシーで、とてもすばらしかった。年はいくつだろう。僕と大差ないだろうが、もっと若く見える。あれで離婚歴があるなんて信じられない。なぜか無垢《むく》そのものという感じがした。もう一度会いたいが、彼女もそう思ってくれているだろうか？

翌朝イザベルのアパートメントを訪ねると、あいにく留守だった。だが、隣のアパートメントから口数の多い高齢の女性が姿を現し、声をかけてきた。

「ミセス・ジェイムソンに会いに来たのかい？」きつい口調だ。ふだんそんな口の利き方をされることのないアレジャンドロは、苛立《いらだ》ちを覚えた。「彼女は留守だよ」女性がやかましい声で続ける。「朝いちばんで出かけたからね。ゆうべはここの住人はみんな一睡もできなかったってのに。今日一日、いったいどうやって仕事をするつもりなんだか」

「そうなんですか」アレジャンドロには、女性がなぜこんな態度をとるのかがわかってきた。

「あんたもあのパーティにいたとか？　いや、いたなら、彼女がもう起きてるとは思わないだろうね」

アレジャンドロは、女性の思い違いをあえて正そうとはしなかった。「先ほどミ、ミセス・ジェイムソンとおっしゃいましたね。彼女は離婚しているのだと思っていましたが、違《ナウン》いますか？」

「そのとおりさ。ここに越してきたとき、大家さんにそう話してたからね」

「そうですか」アレジャンドロは安堵《あんど》を顔に表すまいとした。「どうもありがとう《ムイント・ベイン》。また出直します」

女性は縁の太い眼鏡の奥で眉をひそめつつ尋ねた。「あんた、彼女の友だちかい？　彼女に、誰が訪ねてきたって伝えればいいかね？」

単なる好奇心から出た問いになど答えたくはないが、家の周りをうろついていたとイザベルに思われるのだけはごめんだった。「カブラルといいます」アレジャンドロは短く答え、軽く頭を下げた。「ありがとう、ええと、ミセス――」

「リットン‐スマイスだよ」女性はすかさず答えると、何気ないふうに尋ねた。「あんたも彼女の叔父さんのところで働いているのかい？」

アレジャンドロは思わずきき返した。「叔父さん？」すると女性はうなずいた。

「サミュエル・アームストロングのことさ。雑誌やらなんやらの出版を手掛けててね。ミセス・ジェイムソンはそこの仕事でいつもあちこち動きまわっているよ。有名人にインタビューして記事を書いてるのさ」

「彼女が？」アレジャンドロは感心した。

「そうさ。きっと、とても頭が切れるんだろうよ。叔父さんのところでしか働いてないけどね」

あまり気のない褒め方だが、情報をもらえたのはありがたかった。これで、ジャケットを取り返すために連絡をとる手段は得られた。イザベルにまた会いたいという気持ちにも変わりはなかったが。

アパートメントに帰り着いたイザベルは、疲れきっていた。例のインタビュー記事は、パーティが引けたあとでなんとか仕上げた。とはいえ、ジュリアの呼んだ最後の客を送り出したのは、アレジャンドロが帰ってから二時間もあとのことだった。当のジュリアはそれより前に、後片づけもせぬまま、別の男性に連れられて手を振りながら帰っていった。

というわけで、帰宅したイザベルにはパーティの後始末という仕事が残っていた。ゆうべ寝る前に、残飯だけはディスポーザーに流しこんだものの、疲労困憊《こんぱい》していてそれ以上は片づけられなかったのだ。

まず手始めに、家じゅうの窓を開けた。こもったたばこの煙やこぼれたビールの臭《にお》いに胸が悪くなり、窓から身を乗り出して外の冷たい空気を吸う。

床や椅子の腕にも、たばこで焦がした跡や傷ができていた。それでも、取り返しがつかないほどの損傷がないだけありがたい、と自分に言い聞かせた。

けれど、空いた缶や瓶をすべてかき集めてごみ収集袋に入れるのに、たっぷり三十分はかかった。それが終わると、頑張った自分へのご褒美としてコーヒーをいれた。

コーヒーカップを持って居間に入り、室内をチェックする。床にはワックスを、ラグマットには掃除機をかける必要があるが、最悪の状態からは脱していた。ほっとしてソファに腰を下ろし、目を閉じた。

と、そのときドアベルが鳴った。もしかしたらミセス・リットン‐スマイスが、ゆうべは眠れなかったとまた文句を言いに来たのかもしれない。

イザベルはのろのろと立ち上がった。帰宅時に蹴《け》り散らした靴を捜す気にもなれず、そのまま素足で戸口へと向かう。

だが、そこにいたのは隣人ではなかった。

それでも、外壁にゆったりと肩をもたせかけて立っているその男性が誰であるかは、すぐにわかった。ひと晩たって髭《ひげ》は伸びているものの、記憶の中にある姿と同じく長身の黒髪で、心を揺さぶるほどハンサムだ。そう思うと背筋に震えが走った。

「まあ」イザベルは一瞬うろたえた。胃が締めつけられるような感覚に襲われてみぞおちに手を当て、乱れる心を落ち着けようとする。「こんにちは」

「やあ《オラ》」アレジャンドロの穏やかな声には、糖蜜《とうみつ》のように甘く深い響きがあった。独特の訛《なまり》のなせるわざか、彼の口にする言葉はすべて愛撫《あいぶ》さながらに感じられる。アレジャンドロはこちらが当惑しているのを見てとると、ドア枠から体を離し、黒い眉を上げた。

「とまどわせてしまったかな?」

ええ、まったく。イザベルは喉の渇きを和らげようと唾《つば》をのみこんだ。「いいえ、違うの。

実は、今帰ってきたばかりなのよ」散らかった居間を肩越しにちらりと見やる。こんな部屋に彼を通すことなどできない、絶対に。「中に入る?」

アレジャンドロは、今この瞬間の自分の反応を知ったらイザベルは困惑するだろう、と思った。中に入れてもらえるのは、もちろんうれしい。だがそれよりも、今すぐイザベルの肩をつかみ、心そそられるその唇を奪い、ひしと抱き寄せて、抑えきれそうにないこの体の高ぶりを彼女にも感じさせたかった。

アレジャンドロは首を振った。確かにゆうべはイザベルに惹《ひ》かれ、もう一度会いたいと思っていた。しかし、こんなふうに触れたくてたまらなくなるとは。ああ、僕はいったいどうしたのだろう?

だがイザベルは、アレジャンドロが物憂げに首を振ったのを額面どおりの意味に受けとった。「そう。じゃあ」彼の意図を誤解していたことに気づき、ややこわばった声で尋ねる。「なんのご用かしら?」

「違《ナウン》うんだ!」アレジャンドロは思わず詫《わ》びるように両手を広げた。「そうじゃなくて、つまり《イストゥ・エ》、入れてもらえたらすごくうれしいんだが」

「まあ!」イザベルはとまどったが、むげに断ることもできなかった。「いいわよ」彼が入れるよう脇《わき》に寄り、居間の方向を手で示す。「どうぞ」

アレジャンドロが足を踏み入れたとたん、狭い玄関がますます狭くなったような気がした。なぜ彼を入れてしまったのかしら？　ゆうべあんなことがあったというのに。狭い空間で二人きりになると、アレジャンドロのことをいやというほど意識してしまう。イザベルは彼の体の大きさに圧倒され、いかにも男らしいその姿に心をかき乱された。

ふいにアレジャンドロがこちらを見下ろした。イザベルは息が止まりそうになった。いったい何をされるのだろう？「ボセ・プリメイル」なんとも官能的な響きの言葉が彼の口から出る。「お先にどうぞ、という意味さ、いとしい人《カーラ》」それを聞いたイザベルは、自分が妄想に走っていたことに気づいた。

やっとの思いでドアを閉め、アレジャンドロを居間へと案内する。だが、彼の視線をひしひしと感じ、もはや部屋の散らかりようなど気にしてはいられなかった。こんなことなら、黒いTシャツとジーンズなどではなく、もう少し女性らしい服装をしていればよかった。

なんてばかなことを考えているの？

「そうなの」彼が戸口に立ち止まって興味深げに室内を見まわすと、イザベルは言った。「見てのとおり、片づける時間がなかったのよ」

アレジャンドロは肩をすくめた。今日の彼は、黒いジーンズに深緑色のフリースのパーカーといういでたちだ。「部屋の状態をチェックしに来たわけじゃない」彼は金色に輝く目をこちらの唇に向け、眉根を寄せた。「疲れているみたいだね、かわいい人《ベケナ》。ゆうべは寝ていないのかい？」

イザベルは彼の皮肉めいた言葉の中に慰めを見いだし、ふうっと息を吐いた。「あら、ありがとう。そう言ってもらえると、気が楽になるわ」

アレジャンドロはきっと口を結んだ。「嫌みで言ったわけじゃない」彼はイザベルに歩み寄り、彼女の目の下のくまを親指で撫《な》でた。イザベルは目をしばたたいた。彼の指先の親密なタッチに胃が暴れだす。アレジャンドロは満足げな笑みを口元に浮かべた。「そんなに体を硬くしないで」そう言うと、ふたたび周囲に目を向けた。「きれいな部屋だ」彼女の張りつめた顔に視線を戻す。「別れたご主人は、ここを出ていかなければならなくて、さぞ残念だったろうな」

「彼はここには住んでいなかったわ」イザベルはすかさず言った。「一緒に住んでいたのは別の家よ」

「だけど、それがどこなのかは言いたくないんだね？　今でも思い出すと辛《つら》くなるんだろう？」

「もう大丈夫よ」それについてはイザベルも自信があった。今では、傷ついていたのは心ではなくプライドのほうだったのではないか、と思うこともある。

「ほかに女性がいたとか？」

アレジャンドロが食い下がる。イザベルはその言葉が呼び起こした苦い記憶に、唇を引き結んだ。「いいえ」そっけなく答える。「ねえ、その話はやめにしない？　遠い昔のことだもの」

アレジャンドロが一歩一歩迫ってくる。後ずさりしたイザベルは、背中にひどく冷たい壁が触れるのを感じた。「じゃあ」彼がつっけんどんに尋ねる。「君はまだその男性と会っているんだな？」

「その男性？」

「ほかに女性がいなかったのなら、男性がいたということだろう？」アレジャンドロは険しい口調で言い、イザベルの頭の脇の壁に片手をついた。「君に結婚の誓いを破らせた男はどこにいる？」

「そうじゃないの」イザベルは言った。こちらが結婚生活を破綻《はたん》に追いやったと思われては困る。「ほかに男性がいたのは、私じゃなくて、夫だったデヴィッドのほうよ。でも、昔の話だもの。お願いだからそのことは忘れて。私は忘れたわ」

アレジャンドロは気色ばんだ。彼女をそんなふうに傷つけた男がいると知り、自分でも信じがたいほどの憤りを覚えた。そいつを見つけ出し、当然の報いとして殴ってやりたかった。

とはいえ、イザベルと元夫との関係など、僕にとってはどうでもいいことのはずだ。彼女とは知り合いというほどの仲でもないのだから。

しかし、気になってしかたがない。

ほんのり赤らんだイザベルの顔をのぞきこむや、アレジャンドロはキスしたくてたまらなくなった。ゆうべ彼女の唇に欲望の炎を焚《た》きつけられて自制心を失ったことを思い出し、なんとか自分を抑える。

それでも触れずにはいられなかった。空いているほうの手を上げ、イザベルの頬のふくらみから顎にかけてのラインを人差し指でなぞると、彼女が全身をこわばらせるのがわかった。耳の下の脈が乱れている。その鼓動の源に触れたい。彼女のＴシャツの裾《すそ》から手を滑りこませ、胸を撫でさすりたかった。

「ねえ……」彼の心があらぬ方向へ向かっているのを感じとったのか、イザベルが牽制《けんせい》するように言った。「ミスター・カブラル、どんな用で来たのか知らないけど、もう帰ったほうがいいと思うわ」

「心にもないことを」イザベルのあきらかな逃げ口上を、アレジャンドロは受け入れなかった。「まだ、お互いのことがわかりはじめたばかりじゃないか」

「だったら、あっちに座って」イザベルはやや乱暴な口調で言った。なんとか彼を遠ざけなければ。「コーヒーでも飲む？」

「飲み物はいらない」アレジャンドロはじりじりしながら、自分が何をほしがっているかを力ずくでイザベルに教えてやりたいという衝動と闘った。彼女の肩に手をかけ、Ｔシャツの襟元から親指をしのばせ、布地の下に隠れている華奢《きやしや》な骨を撫でる。「君は見かけとは違うね、愛する人《ケリーダ》。離婚歴があるんだろう？　なのに、男性など知らなさそうな顔をしている」彼は唇を歪めた。「いったいどういう女性なんだ？」

今この瞬間は、欲望を駆り立てられている女性よ。イザベルは胸を上下させつつそう思った。私は、彼の目には、男性経験がないように見えるらしい。確かにそうとも言える。デヴィッドとベッドをともにすることもごくまれにあったが、そういうときは、実際は何も感じていないのに演技をしていた。今味わっているような感覚を覚えたことなど皆無だった。だから、デヴィッドに愛人がいると疑いもしなかったのだろうか？

アレジャンドロは答えを待っていた。イザベルはやっとの思いで口を開いた。「すっかりとまどっている女性、じゃないかしら」そして唇を噛《か》む。「あなたは私なんかよりずっと経験が豊富なんでしょうね。それを証明しに来たの？」

「そうじゃない《ナウン》！」アレジャンドロは歯がゆさで瞳を陰らせた。「もう一度君に会いたかっただけさ。それがそんなに信じられないか？」

「ええ」イザベルは、懸命にそのまま彼をしゃべらせておこうとした。「私は、あなたがふだん付き合っているタイプの女性とは違うでしょうし」

アレジャンドロは口元をこわばらせた。認めたくはないが、そのとおりだ。それでも、やはりイザベルには興味をそそられる。僕にしては珍しいことだ。

激しく上下するイザベルの胸に視線を落としたとたん、ジーンズの前が硬く張りつめてきた。彼女の丸みを帯びた豊満な胸は、はちきれんばかりにシャツの生地を押し上げている。興奮しているのか、それとも怯《おび》えているのだろうか。だから僕を遠ざけようとしているのか？

「僕が怖いのか？」アレジャンドロは唐突に尋ねた。その台詞《せりふ》がどこから出てきたのか、自分でもわからなかった。彼女はその問いかけに目を丸くした。

「いいえ」イザベルは言葉に力をこめた。「でも、やっぱり知りたいのよ、あなたがここに来た理由を。ゆうべ言ったでしょう、私は、その……」

「なりゆき任せの情事には興味がないんだったね」アレジャンドロは低くつぶやき、首を傾けて彼女の耳にささやきかけた。「そんなことを望んでいると、僕が言ったかな？」口元に笑みを浮かべる。「君はずいぶん短絡的にものを考えているようだね」

確かに短絡的だわ、とイザベルは思った。

イザベルはアレジャンドロの胸を力任せに両手で突き、彼がよろめいた隙《すき》にソファの後ろにまわった。

だが、さほどすばやくは動けなかった。

アレジャンドロに手首をつかまれ、ぐいと引き戻される。その反動で、イザベルは彼の胸に正面から飛びこむ格好になった。胸のふくらみが体の間で挟まれ、ぎゅっと押し潰《つぶ》される。

密着しているのは胸だけではないことにイザベルは気づいた。アレジャンドロがいきなり腰を押しつけてきたのだ。彼のジーンズの前が硬く張りつめ、圧迫感がいっそう強まる。イザベルのみぞおちに当たる興奮のあかしは、熱を帯びて脈打っていた。

それらはみな、ほとんど無意識のうちの出来事だった。だが、彼の瞳に突如として宿った炎に自分がのまれていることは、イザベルにもはっきりとわかった。燃えさかる炎が体の隅々に広がり、大混乱を巻き起こす。身も心も焼き尽くされていくようだ。

「ケリーダ……」アレジャンドロの唇からささやきがもれる。彼はイザベルのうなじに手のひらを添え、彼女を自分のほうに向かせた。「キスはいやだなんて言うなよ。君だって、僕と同じくらい、これを望んでいるんだろう」

唇をふさがれたイザベルは、抗《あらが》う力をすっかり吸いとられたかのように唇を開いた。アレジャンドロが髪に指を差し入れてくる。熱い欲望が電撃のようにあらゆる感覚を襲う。彼の舌先が柔らかく潤う口の中に入りこんでくると、イザベルは体じゅうを炎に舐《な》め尽くされているような感覚にとらわれた。

アレジャンドロの五感は宙を漂った。こんなつもりはなかったのだと心の中でつぶやきながらも、彼はイザベルの放つ香りに、その肌の感触に、唇の味に駆り立てられ、いっそう強く彼女を抱き寄せた。

イザベルの背中を撫で下ろし、ヒップを包みこんで抱きすくめる。今、何が起きているかは、彼女も誤解のしようがないはずだ。自分を見失ったアレジャンドロは、自らの意志よりも欲望に身を任せた。

そのとき、玄関の呼び鈴が鳴った。

「くそっ！《クリストゥ》」アレジャンドロは怒りもあらわに毒づき、しっとりと汗ばんだイザベルの喉のくぼみに顔を埋《うず》めた。ゆうべから伸びた髭が彼女の肌をこする。「動かないでくれ」彼はキスを中断することもいとわず、うめくように言った。「頼む《ポル・ファボール》、イザベラ。出ないでくれ」

「行かなくちゃ」

イザベルはもう彼の腕をすり抜けていた。Tシャツの裾を整え、絡まった髪を震える手でかき上げる。その声は、震えてはいるものの、決然としていた。心とは裏腹に、イザベルは玄関へと向かった。

3

「で、パーティはどうだったの？」

電話が鳴ったのは翌朝のことだった。アレジャンドロからの電話だといいのに、とイザベルは思った。電話番号は教えていないものの、前日彼が帰ったあとで革のジャケットの忘れ物が見つかったのだ。訪ねてきたのはそのためだったのかもしれないが、やはりどうしても彼ともう一度話がしたかった。

だが、それは叔母のオリヴィアからの電話だった。イザベルがまだ五歳のとき、両親をオーストリアのスキー事故で亡くすと、叔父と叔母が後見人になってくれた。イザベルは、子が親にいだく愛情と変わらぬものを二人に感じていた。

「楽しかったわよ」イザベルは明るく答えたが、叔母はその声があまり楽しげでないのに気づいた。

「だから言ったでしょう、ベル」叔母はやれやれという調子で言った。「ジュリアが最近付き合ってる仲間とあなたは合わない、って。何をされたの？」

「パーティがかなり長引いたの。それだけよ」

「ふうん」叔母は信じていないようだ。「まあ、すんだことだものね。その口ぶりだと、何か取り返しのつかない被害を受けたわけではないのね？」

「ええ」きのうの午後にあったことを話したら、叔母はなんと言うだろう。あのとき、ミセス・リットン‐スマイスが来なかったら……。

「それで今度はいつ会えるの？　あなた、もう何年もヴィラーズで週末を過ごしていないでしょう？」

叔父と叔母はウィルトシャー州にヴィラーズという小さな農場を持っていた。叔父はいくつかの雑誌を発行する出版社のオーナーで、週に二回ほどロンドンに通い、編集者たちを監督している。叔母は馬とゴールデンレトリバーのブリーダーだ。イザベルはウォーリックの大学に進むまで、二人と一緒にヴィラーズで暮らした。そして大学でデヴィッド・テイラーと出会い、学位を取ってすぐに彼と結婚した。

「だって、サム叔父さんからどんどん仕事が来るんだもの」仕事のことを話すうちに、イザベルは晴れやかな気分になった。話題性のある興味深い人物にインタビューをするのは、とても楽しいものだ。最初は自ら選んだ道ではなかったかもしれないが、叔父が信頼を寄せてくれるのはうれしかった。

大学に通いはじめた当初は、ジャーナリズムの分野で学位を取り、国内の日刊紙に記事を書く仕事に就くつもりだった。従軍記者になって、世界じゅうの戦地から価値ある情報を発信するのが夢だった。

ところが、大学の個人指導教師だったデヴィッドと出会い、何もかもが一変した。そして、夢を追うのをやめてレミントンスパーで結婚生活を始め、子供が生まれるまで研究助手として働くことこそが自分にとっての幸せなのだ、と思いこもうとした。

もちろん子供などできなかった。それどころか、きらびやかな結婚式から二年がたつころには、イザベルはすべてを失っていた。それから、遅ればせながらジャーナリストとしての職を得た。かつて思い描いていたのと違うかたちではあるが。

だが叔母はもどかしげだった。「だったら、あなたにいっさい仕事をまわさないよう、サムに言わないとね」決然とした口調だ。「そろそろ面倒を見てくれる相手を見つけて、落ち着かないと」

「結婚なんて、もうこりごりよ！」

イザベルは離婚から六年たった今でも、男性と深い付き合いをする気にはなれなかった。自立した現在の生活には満足している。それにきのうの午後、一時の気の迷いに身を委《ゆだ》ねてしまったばかりなのだ。

「本当に誰かいい人はいないの？」オリヴィアが食い下がる。イザベルはため息をついた。特に頭が混乱状態にある今は、男性の話題だけは避けたかった。

「いないわよ」妙に頑《かたく》なになっているように聞こえなければいいのだが。「で、そちらはどう？　ヴィレットは子供を産んだの？」

「話題を変えようとしているわね。でも、まあ、いいでしょう」叔母は割りきった様子だ。「ところで、今週末こちらに来ない？　エイトケンさんのお宅でルシンダの二十一歳の誕生日パーティがあるの」

イザベルは唇を噛《か》んだ。パーティの席には、ルシンダの兄であるトニーもいるはずだ。叔父と叔母はかねてからイザベルと彼をくっつけようとしていた。

「うーん、その件については、またあとでお返事させてもらってもいいかしら？」イザベルは気が進まないのを悟られないように尋ねた。

叔母は嘆息をもらした。「相手を選べる立場じゃないと思うけど」物悲しげな声だ。「考えておいてくれる？　明日電話をちょうだい、ね？」

イザベルは意地悪をしているような気分になった。だが、今週末にトニーと顔を合わせるのは嫌だ。

それでも、彼女は言った。「わかったわ」

「よかった」叔母の声は段違いに明るくなった。「なるべく来てちょうだいね、ベル。そうそう、ヴィレットがとびきりすてきな黒毛の牡馬《おすうま》を産んだの。名前はあなたが見てから決めてくれてもいいのよ」

「見るのが楽しみだわ」その言葉でヴィラーズ行きを承諾したことになるとイザベルが気づいたのは、電話を切ったあとだった。

仕事の会合を終えて外に出たアレジャンドロは、雨が降っているのを見て顔をしかめた。おまけにラッシュアワーなので、タクシーもつかまらない。

湿った冷たい空気を吸いこみ、モヘアのジャケットの襟を立て、最寄りの地下鉄の駅へと向かう。車を迎えに来させるよう手配しておくこともできたが、会合の終了時刻もはっきりしなかったし、歩いてホテルに帰るほうが気分がいいだろうと思ったのだ。

しかし、土砂降りの雨の中となるとわけが違う。

とはいえ、じっとしていることにはあまり慣れていなかった。ブラジルでは日ごろからウォーキングや水泳に親しみ、ヨットにも乗っているし、都会の喧騒《けんそう》から逃れたくなったときには、家族がリオ北部の美しい田園地帯に持っている大牧場《エスタンシア》へと足を運ぶ。

自分は会議室よりも牧場で過ごすほうが性に合っているのではないか、と思うことがときどきある。だが、父ホベルト・カブラルが心臓病で早期引退を余儀なくされ、息子二人に〈カブラル・レジャー〉の発展継続を託すと、長男であるアレジャンドロは、当然その跡を継いで会社の指揮を執るものとされた。

アレジャンドロはいっそう深く眉間《みけん》にしわを寄せた。気分は最悪だ。なにしろ、二日間で二度もイザベルのアパートメントから欲求不満を抱えたまま出てくるはめになったのだから。

あの晩もう一度イザベルを訪ねることもできたが、それはプライドが許さなかった。ふだん自分のまわりにいる女性たちなら、けっして家にひとりでいるときに男性を招き入れたりはしないだろう。アレジャンドロはそう考えて心を慰めた。初対面であんなふうに迫ったあとなのだから、なおさら拒まれても不思議はない。なのに彼女は家の中へと誘い、こちらもそれを受け入れた。そして今、僕はその代償を払っているのだ。

アレジャンドロは自分にも雨にも腹が立ち、首を振った。地下鉄の駅の階段を駆け下り、襟をもとに戻して、濡《ぬ》れた髪を無造作に撫《な》でる。できるだけ早くリオに帰りたい、そう思った。

ミランダのいるリオに、か。彼女に会いたいわけではないのに。ミランダのことはもちろん好きだ。なにしろ、兄と妹のように育ったのだから。しかし、彼女が最近付き合っている連中のことは気に入らない。なのに、彼女の母親とアレジャンドロの父親は、友だちでしかない二人の仲をやたらと大げさにとらえ、二人が結婚すると言いだすのを心待ちにしている。そのうち、がっかりすることになるだろうが。

掲示板の路線図に注意を向けると、ピカデリー線にグリーンパーク駅があった。それがホテルの最寄り駅だ。けれどセントラル線に乗れば、ほんのふた駅でイザベルのアパートメントに行ける。

アレジャンドロはふうっと息を吐き出した。よし、ジャケットを取り返すのに、この機会を利用しない手はないだろう。あと数日で帰国するのだから、これが最後のチャンスかもしれない。

そう、そのとおりだ。

イザベルのアパートメントに行く目的は、本当にそれだけだろうか？　これまでに会った二回で、彼女の気持ちははっきりとわかったのでは？　また拒まれてもかまわないのか？

結局二種類の切符を買い、先に来たほうの列車に乗ることにした。

三十分後、アレジャンドロはイザベルのアパートメントの階段を上っていた。ジャケットはびしょ濡れで、高価なローファーには水がにじんでいる。

いなかったら、ただじゃおかないぞ。険しい表情で呼び鈴を押した。六時十五分前だから、終業時刻は過ぎている。イザベルが誰かと飲みに行く約束をしていないことを祈るばかりだ。

イザベルが玄関口に出てくるまでには、とてつもなく長い時間がかかった。じりじりしながら待っていると、ようやく鍵《かぎ》を開ける音がして、バスローブ姿の彼女がドアの隙間《すきま》から顔をのぞかせた。

なるほど、シャワーを浴びていたから出てくるのが遅くなったのか。イザベルの顔は上気し、濡れた髪は肩のあたりでもつれている。といっても、アレジャンドロの目に見えるのはそれだけだった。

しばらくの間、イザベルはアレジャンドロを見つめるばかりで、それ以上ドアを開けようとはしなかったからだ。彼女が、驚きに言葉を失っていた。頭の中にあるのはただひとつ、自分がバスローブの下に何も着ていないということだけだ。髪のしずくが襟元からローブの中に入りこみ、首筋を流れ落ちていく。

「シャワーを浴びていたの」やっとの思いで口を開くと、アレジャンドロはうなずいた。

「そのようだね」琥珀《こはく》色の目でつくづくとイザベルを見つめる。「まずいときに来てしまったかな？」

本当にそう思っているの？

イザベルは舌先を上唇に走らせ、もじもじと肩を動かした。だから私はジャケットを返そうとしなかったの？　彼のほうから来るかもしれないと思った、いいえ、来てくれることを願っていたから？

「ジャケットを取りに来たのよね」ほかに理由があるのでは、なんて考えるだけ無駄だろう。今日の彼はいちだんとフォーマルな装いをしている。洗練されたモヘアのスーツを着ているが、惜しいことに雨でジャケットが台なしだ。豊かな黒髪はイザベルの髪同様びしょ濡れで、地肌に張りついている。

「見つけたのかい?」アレジャンドロが低い声で問いかけてくる。その深い響きに、イザベルは背筋を震わせた。

「もちろんよ」イザベルは息を弾ませた。「すぐに見つかったわ」

アレジャンドロは首を傾けた。「そうだろうね《イ・クラル》」ひと呼吸おいて続ける。「で……元気かい?」

「ちょっと風邪気味だけど」イザベルは浮かない顔で答えたが、そこでふと気づいた。ずぶ濡れの彼を玄関口に立たせたまま、家の奥にジャケットを取りに行くことなどできない。彼女はもごもごと尋ねた。「中に入ったほうがいいんじゃない?」

「君さえよければ」

アレジャンドロは何をしているのか自分でもわからないまま、彼女の誘いを受け入れた。

「いいにきまってるでしょう」イザベルはぶっきらぼうに答えると、急いで居間に駆けこんだ。「ドアを閉めてくれない?」寝室に向かいながら彼に声をかける。「少し待たせることになるわよ」

アレジャンドロはドアを閉め、鍵をかけた。安全のためだ、ほかに理由などない、と自分に言い聞かせる。そして前回と同じく、居間へ足を踏み入れた。

日差しの弱い日だったので、センスのよさが感じられる小型の照明が三台つけられていた。床にはワックスがかけられ、ソファも椅子もすばらしくきれいにしてある。クッションにも人が触れた形跡すらない。中央に敷かれたラグマットは新品同様だ。

ふと気づくと、部屋の奥のドアが開いていた。どこに続くドアなのだろう。アレジャンドロは濡れたジャケットをその場に脱ぎ捨て、しばらく躊躇《ちゅうちょ》したのち、ドアの向こうにある短い廊下に出てみた。

どうやらその廊下は寝室とバスルームにつながっているらしく、廊下に面してふたつのドアがあった。いけないことだとわかってはいたが、好奇心に屈し、ひとつめのドアへと足を進めた。

ドアは開いていた。そこが寝室であることは一目瞭然《いちもくりょうぜん》だった。薔薇《ばら》の模様のベッドカバーと、その上に置かれた服が見える。イザベルはどこかへ出かける支度をしていたのだろうか？　アレジャンドロは経験したことのない胸苦しさを覚え、無意識のうちにネクタイを緩めた。嫉妬《しっと》なんかじゃない、と心の中でつぶやく。自分がイギリスの女性に夢中になるとは思えない。

だが……。

そのとき、寝室の奥のドアが開き、イザベルが現れた。身に着けているのは、露出度の高いハーフカップのブラジャーとレースのショーツだけだ。髪はタオルで乾かそうとしたようだが、まだ肩のあたりで派手にカールしている。取り乱した様子だとはいえ、目を見張るほどセクシーな姿だ。アレジャンドロは自分の体が反応するのを感じた。

イザベルはまだこちらに気づいていなかった。ベッドに腰を下ろし、そのすらりとした脚に薄手のストッキングを着けることしか頭にないようだ。しかし、アレジャンドロがはっと息をのむ音が聞こえたらしく、ふとこちらに目を向けた。

片脚を上げてストッキングをはくその姿にたまらなくそそられたアレジャンドロは、イザベルが怒りにあえいでいることも気にせず、おもむろに寝室の中へと入っていった。

「そんなところで何をしているのよ！」イザベルはかろうじて口を開くと、ストッキングを脱いで丸め、アレジャンドロめがけて投げつけた。「出ていって！」怒りと狼狽《ろうばい》のあまり、声高に叫ぶ。「向こうの部屋で待っていて、って言ったじゃない」

「特にどこで待てとも指図されなかったと思うが」アレジャンドロはかすれ声で言い、彼女の投げた黒いシルクの塊を手に取って鼻先に運んだ。「うーん、君の香りがする」イザベルが立ち上がってこちらを向いた。「怒るなよ、いとしい人《カーラ》。君は美しい。その体を恥じることはないさ」

「恥じてなんかいないわ！」イザベルは息巻いた。「お詫《わ》びのつもりで言ったのだとしても、そんな言葉は受け入れないわよ。招かれもせずに寝室に入ってくる権利なんて、あなたにはない。しかも、私を喜ばせたと思っているなんて」

「お詫びなんかじゃない」アレジャンドロはそっとささやき、ストッキングの塊を床に落とすと、心かき乱すような瞳でイザベルを見下ろした。「本当のことを言ったまでさ。だから僕を責めないでくれ」

「あらそう」イザベルは、半裸の体を覆えるものはないかと、あたりを見まわした。「私がブラジルの女性だったら、あなたはこんなことをした?」

アレジャンドロは唇を引き結んだ。たとえこちらがミランダの寝室に入りたくなったとしても、彼女の母親がそれを許すはずはない。二十一世紀のとりわけ自由な風潮の中でも、良家の女性は昔ながらの考え方に固執している。アレジャンドロも、それはそのままでいいと考えていた。

彼が答えずにいると、イザベルは軽蔑《けいべつ》したように唇を歪《ゆが》めた。「やっぱりね。しないだろうと思っていたわ」こちらに背を向ける。「さあ、出ていってくれない?」

アレジャンドロは拳《こぶし》をぐっと固めた。イザベルの肩をつかんで抱き寄せたいという思いが、抗しがたいほど強くなる。この角度からだと彼女の胸はちらりとしか見えないが、くびれたウエストラインと目を楽しませてくれるヒップの曲線は、たまらなく魅力的だ。黒いレースのショーツから突き出したヒップの丸みを目にしたとたん、彼の下腹部にはいっきに熱い血がたぎった。

イザベルがほしい。熱く燃える欲望のあかしを彼女の中に埋《うず》めたい。彼女のほてった体に誘われるようにして初めてキスをしたあの晩から、ずっとたまっていた欲望を、思いきり発散させたい。

だが、できなかった。

そんなことをしてはいけない。

なんといっても僕は野獣ではないし、イザベルだってふしだらな娼婦《しょうふ》とは違うのだ。彼女のことはとても大切に思っている。だからこそ、この部屋から出ていかなければ。欲望と誘惑に負けて理性を失ってしまう前に。

アレジャンドロがドアのほうへ戻っていくと、イザベルが振り向いてこちらを見た。夏空のように澄みきった青い目が、苦悶《くもん》の表情を浮かべた彼の目とぶつかる。先ほどよりも優しいまなざしだ。唇も開き、歯の隙間からなまめかしい舌先がのぞいた。

彼女から長いこと視線をそらさずに見つめられ、アレジャンドロの心はざわついたが、イザベルが口ごもりながら言った。「あ、あなたのジャケットは玄関のコート掛けにかけてあるから」

「わかった《セルトゥ》」アレジャンドロは、ふっと自虐的な表情を浮かべた。僕はいったい何を期待していたのだろう？　イザベルの気が変わり、行かないで、と言ってもらえるとでも？

「ありがとう《オブリガード》」

イザベルは肩越しにかすかな笑みを見せたが、それ以上何も言わずに口を閉じた。アレジャンドロにどう思われているかは、これでもうはっきりとわかった。彼は、相手がブラジルの女性なら私と違って大切に扱う、と無言のうちに認めたのだ。本当は警戒心を捨て去って彼に抱かれたい。向こうもそれを望んでいるのでは？　だからこそ、そんなことをすればばかをみる、と肝に銘じなければならない。

アレジャンドロはドアまで行くと、イザベルの視界から消える前に軽く頭を下げた。

「知り合えてよかったよ、イザベラ」その言葉に皮肉めいた響きはなかった。「さよなら《アデウス》、カーラ。お元気で」

今のはどういう意味だろう。イザベルが考えているうちに、アレジャンドロは居間へと姿を消した。彼女は息を殺し、玄関のドアの開閉音が聞こえてくるのを待った。

家の中はしんと静まり返っている。イザベルの心は、彼に帰ってほしいようなほしくないような矛盾した気持ちと、なぜ帰らないのかと心配する気持ちとの間で揺れ動いた。ドアの音が聞こえないのは、彼がまだ家の中にいるからだ。でも、なぜ？　いったい何をしているのかしら？

イザベルはそれを確かめようと、シャワーの前に脱ぎ捨てたシャツを拾い上げて着た。腿にかかる程度の丈しかないが、少なくとも下着よりは隠せる部分が多いだろう。

アレジャンドロは居間にいた。窓辺にたたずみ、街の明かりを見つめている。

彼がはおっているのは、来たときに着ていたジャケットだった。ひどく濡れてしわになっている。しかしだからといって、ここに居座る理由にはならない。イザベルはためらいがちに咳払《せきばら》いをすると、声をかけた。「どうかしたの？」

こちらを振り向いたアレジャンドロは、両手を喉元にやり、ネクタイを締めていた。早まった、とイザベルは思った。もう少し待てばよかったのだ。

「なかなか面白い格好だね」アレジャンドロは両手を下ろした。「すまない。長居しすぎたようだな」

「その……そのジャケット、びしょ濡れじゃない」イザベルはようやく口を開いたものの、ほかに言葉が見つからなかった。アレジャンドロが唇を歪め、渋い顔をする。

「雨が降っているんだよ、カーラ」彼は両手を広げた。「雨が降れば濡れるものさ」

イザベルは唇を引き結んだ。「だったら……もうひとつのジャケットを着ればいいじゃない」その言葉に、アレジャンドロは唇の端を片方つり上げた。

「そうだな」彼は暗い面持ちで言い、モヘアのジャケットをふたたびするりと脱いだ。「君はいつも……なんというか……現実的《コム・シ・ディジュ》なんだな」

イザベルには、自分がさほど現実的な人間だとは思えなかった。だいたい、居間の中ほどまで歩み出てから、まともに服を着ていないことに気づいたくらいなのだ。しかし、今さら恥じらってみせてもしかたがない。そのまま玄関まで行くと、革のジャケットをコート掛けから外した。

「いろいろとありがとう」アレジャンドロが近づいてきてジャケットを受けとる。雨に濡れた肌が放つ男性らしい香りが、鼻孔をくすぐった。

「ど、どういたしまして」イザベルは小声で言った。次の瞬間、口をついて言葉が出てきた。「シャツも濡れているじゃないの」

アレジャンドロは片手でシャツの胸を撫で下ろした。シルクの生地が肌に張りつく。彼は軽くうなずいた。「そうだね」その顔に哀れを誘う笑みが浮かぶ。「残念ながら、シャツの替えはないんだ」

「あの……乾かしてあげましょうか」イザベルが思わず口走ると、彼は警戒するような目をこちらに向けた。

「いや、いいよ」

「どうして?」

「君もわかっているだろう」アレジャンドロはかすれ声で言い、麗しくもセクシーな彼女の唇を見つめた。「それとも、こうして僕たちが互いに引きつけ合っていることに、君は気づかないのかい？　だから、僕と違ってなんの不安もいだかないのか?」

それはまったくの誤解だ。イザベルはひたすら彼を見つめたまま無言で訴えかけた。こんなに男性を強く意識したことはなかったの。あなたほど熱気と魅力にあふれ、なんともいえず男らしくて力強いオーラを漂わせている人と出会ったのは、初めてよ。

「私も……不安なの」ようやく口から言葉が出た。イザベルが自分の言ってしまったことの意味を自覚する間もなく、アレジャンドロはジャケットをほうり、震える指先で彼女の頬をなぞり下ろした。

「まったく《メルダ》」彼は胸を震わせながら低くうめいた。そして、イザベルのうなじに手のひらをあてがい、抱き寄せて唇を重ねた。

4

イザベルは唇をふさがれ、思わず小さく息をのんだ。そっと押しあてられた唇の感触に魅了され、もっともっとと求められるうちにたまらなくなり、彼のシャツの上に弱々しく両手を広げた。

濡《ぬ》れたシルクのシャツが指を湿す。サテンのようになめらかで熱い舌先が、歯の隙間《すきま》から潤う口の中へと滑りこんでくる。上質なシャツの生地越しに感じる彼の体も、いっきに熱く燃え上がった。そのたくましい体を、イザベルは震える手でつかんだ。

アレジャンドロはキスをいっそう深めた。イザベルのうなじに添えていた指をもつれたつややかな髪に差し入れ、親指で耳を探る。すると、彼女の脈が激しく乱れはじめるのがわかった。彼はイザベルの頭を後ろに反らさせ、震える首筋に唇を這《は》わせた。

「私……だめよ」イザベルの肩からシャツがはらりと落ち、ブラジャーのストラップが下ろされる。

「ポルケ・ナウン、どうして？」アレジャンドロは先ほどのイザベルの言葉を真似《まね》た。

「自分が僕をどれだけ駆り立てるか、知りたくないのかい？」

「私は……」指先の官能的なタッチで胸に触れられ、イザベルは息が止まりそうになった。何を言おうとしていたのかさえ思い出せない。

「君も僕と同じように、こうしたくてたまらなかったんだろう？　違うとは言わせないよ」アレジャンドロの訛《なまり》はますます強くなった。男の色気を感じさせるその低い声が、千々に乱れたイザベルの心をベルベットのようにふわりと包む。「こうしたかったんだろう？」アレジャンドロは繰り返し尋ね、舌先で胸に円を描いた。イザベルは全身が火あぶりになったような感覚に襲われた。

ふいに彼が舌先に代えて歯を立てた。張りつめた胸の頂を口に含まれ、イザベルはうめき声をもらした。アレジャンドロの唇の動きと情のこもった愛撫《あいぶ》が、抵抗しようという彼女の意志を突き崩していく。

それでもまだイザベルは、彼を止めなければならない理由を必死で思い出そうとしていた。しかし、手のひらでヒップを包まれて強く抱き寄せられ、脈打つ興奮のあかしがみぞおちに当たるのをはっきりと感じたとたん、足に力が入らなくなった。

「違う《ナウン》のかい？」アレジャンドロがささやく。それは、問いかけであると同時に否定でもあった。イザベルの五感はゆらゆらと漂った。

「私……」

言わなければならないはずの言葉が出てこない。するとアレジャンドロは勝ち誇ったような声をあげ、彼女を抱きすくめた。

「君がほしい《ケール》」イザベルの鎖骨の間のくぼみに顔を埋《うず》めながら彼が言う。「それを証明させてくれ」

アレジャンドロはふたたびキスをすると、イザベルを抱き上げて寝室に向かった。シャツとブラジャーはいつしか消え、腕の中の彼女は黒いレースのショーツだけという姿になっている。

イザベルをベッドに横たえたアレジャンドロは、シャツを脱ぎ捨てて彼女の傍らに身を寄せ、もう一度キスをした。イザベルはアレジャンドロのベルトのバックルをぎこちなくいじっていたが、やがて彼のほうを向き、その顔をほてった華奢《きゃしゃ》な手で包んだ。

胸板に当たるイザベルの胸の感触に刺激され、アレジャンドロは正気を失いそうだった。彼女の脚を開いてうずく自分を押しこみたいという衝動は、抗しがたいほど強まっている。だが、彼女にも自分と同じくらいの喜びを与えようと心に決めた。

イザベルはというと、頭の片隅のまだまともに働いている部分で、今も自分に言い聞かせていた。こんなことが起こるはずがないわ。私は相手かまわず体を許すような女性ではないし、デヴィッド以外の男性はまったく知らないのだから、と。

アレジャンドロがベルトを緩め、ズボンのジッパーを下ろすのがわかってもなお、イザベルは自分が見ているのは幻だと思いこもうとした。しかし手のひらに感じる熱い脈動はあまりにも力強く、とても幻影とは思えない。ズボンが下ろされてあらわになった彼の下腹部は、硬く張りつめ、見間違えるはずもないほど高ぶっていた。

イザベルに触れられるや、アレジャンドロは鋭く息をのんだ。「いとしい人《カーラ》」かすれ声で抵抗する。「危ない《クイーダドウ》！　もう抑えがきかなくなりそうだ」

イザベルが唇を舐《な》める。「でも、触れてほしいんでしょう?」すると、彼は喉の奥から笑った。

「ああ《シン》、触れてほしい」アレジャンドロはかすれた声で認めた。それから片手でイザベルの両手をつかみ、彼女の頭の上で押さえつけた。瞳を陰らせ、自分のものだと言わんばかりの視線を彼女に注ぐ。「だが、僕も君に触れたいんだ。体の隅々までね」

イザベルは身震いした。期待と興奮の炎に全身を焼かれているようだ。レースのショーツを引き下ろされた瞬間、恥じらいはどこかに消え去った。

イザベルは生まれて初めて自分の裸身を誇らしく思い、アレジャンドロの反応に喜びを感じた。デヴィッドのときは一度だってこんな気持ちになったことはなかった。今ようやく、そのわけがわかった。

アレジャンドロはイザベルの脚の間に顔を埋め、そこを指で探り、湿り気を帯びた部分を押し開いた。彼女が充分に潤い、こちらを受け入れる準備ができているのを知ると、少し罪悪感をいだいた。なぜ無垢《むく》な少女を誘惑しているような気分になるのだろう？　なぜそんな彼女にそそられてしまうんだ？

イザベルはほぼ無意識のうちに脚を開いていた。彼にさまざまな感覚を呼び起こされ、なおさら体に力が入らなくなり、さらに先を求めたくなる。伸びかけの髭《ひげ》がむきだしの腿をこする感触さえ、男性経験の乏しい彼女にとってはたまらなく刺激的だった。

もはや呼吸さえままならない。この部屋はまるで情熱のるつぼだ。アレジャンドロの指先の動きも、彼の体が発する麝香《じゃこう》のような香りも、思いもよらぬほど官能的だった。彼が指先を舌先に替え、サテンのようになめらかな体の奥に忍びこんでくる。イザベルは思わずかすれた恍惚《こうこつ》の声をもらした。

募る欲望に我を忘れ、もう頭がおかしくなりそうだ。内に生じた未知の感覚をなんとかなだめたいと思ったそのとき、アレジャンドロが顔を上げ、唇を重ねてきた。そして、イザベルのうずく体の芯《しん》を、熱い高まり先端でそっと突いた。

「ずっと君がほしかった《トゥケリア》」アレジャンドロはかすれ声でささやいた。「君とひとつになりたい」ためらいもなく言うとイザベルの脚を押し開き、潤う秘めやかな場所に、脈打つ興奮のあかしを滑りこませた。

イザベルは息をのみ、勢いよく押し入ってきた彼をしっかりと包みこんだ。アレジャンドロは驚嘆した。なんということだ《デウス》。まるでバージンを抱いているような感覚じゃないか。

だがイザベルの体が収縮を繰り返すうちに、アレジャンドロは思考力が働かなくなるほど欲望が募っていった。すっぽり身を埋めようとイザベルの腰を両手で浮かせると、驚いたことに彼女もそれに応《こた》え、そのすらりとした脚を腰に巻きつけてきた。

二人の結びつきが解けそうなところまでアレジャンドロが体を引くと、彼女もそれに合わせて腰を動かした。イザベルの乱れた息遣いを耳にし、彼はかつて味わったことのない喜びを覚えた。こんなにすばらしい反応を見せる女性は初めてだ。ともに絶頂へ向かうのは、できるだけ先延ばしにしよう。

だが、彼女の貪欲《どんよく》な反応に駆り立てられ、アレジャンドロはすぐに腰を動かすペースを速めだした。はちきれんばかりのイザベルの胸が、汗ばんだ体に当たる。彼女のもらす小さな悲鳴にさえ、狂おしいほどそそられる。

自制心を保とうとしたが、だめだった。イザベルが押し寄せるクライマックスの波にさらわれ、体を小刻みに震わせはじめたのだ。あふれかえる喜びの泉に身を浸したアレジャンドロは、彼女が動きを止めてくれるよう祈らずにはいられなかった。もはやこれまでだ。彼はうめき声とともに至福の境地に上りつめ、いっきに自らを解き放った。

ようやく体の震えが止まると、イザベルに覆いかぶさっていたアレジャンドロは、彼女の傍らに身を横たえた。と、そのとき、甲高い音が耳を襲った。

なんの音だか、アレジャンドロにはわからなかった。いや、わかりたくなかっただけなのかもしれない。けれど、音は鳴りつづけた。とうとう彼は、それが居間に置いてある自分の携帯電話の着信音だと認めざるをえなくなった。

アレジャンドロは毒づきたいのをこらえ、ベッドに肘を、次に膝をついて起き上がった。

イザベルが身じろぎし、気だるげな視線をこちらに向ける。「なんの音？」アレジャンドロの腕をつかもうと手を伸ばす。「行かないで」

「僕も行きたくないさ、愛する人《ケリーダ》。本当だよ」アレジャンドロはかすれ声で言った。彼女の手を取って、その柔肌にほんの一瞬舌先で触れ、残念そうにつけ加えた。「僕の携帯電話が鳴っているんだ」

イザベルが顔をしかめる。「携帯電話？」

「シン」アレジャンドロはベッドから下りてスーツのズボンを拾い上げ、片脚で跳ねながら脚を通した。「すまない、ケリーダ。きっと父からの電話だ」申しわけなさそうに眉を上げると、ズボンを引き上げながらイザベルにほほ笑みかけ、足早に寝室を出た。

思ったとおり、電話をかけてきたのは父だった。父からの知らせを聞いたアレジャンドロは、やりきれない気持ちで目を閉じた。

「だけど、アニータが対処できるんじゃないか？」アレジャンドロはじりじりしながら言った。「なんてことだ、ミランダはまだ十九歳なのに！」

「アニータは、もう自分の手には負えないと言っている。こんなときにおまえがいなくて、事態は悪化するばかりだ。ミランダはアニータの話にもカウンセラーの話にも耳を貸さない。今すぐ帰ってきてくれ、アレジャンドロ。ミランダを心配する気持ちがあるなら、彼女に道理を教えてやってほしいんだ」

「父《パパ》さん、僕は専門家じゃない」アレジャンドロは髪をかきむしった。

「だが、きっとミランダはおまえの言うことしか聞かないぞ」父の声は重々しかった。

「頼む、アレジャンドロ。父親に頭を下げさせないでくれ」

電話を切ったアレジャンドロは、ドアの横にたたずむイザベルに気づいた。彼女はシャツを着ていたが、その丈は腿にかかる程度で、足はむきだしだ。

彼女の目には当惑の表情が浮かんでいる。事情を話すことができればいいのだが。

「電話は父からだったよ」アレジャンドロは携帯電話をズボンのポケットにしまい、顔をしかめながら続けた。「残念だが、今から乗れるいちばん早い飛行機でリオに帰らなければならなくなった」

イザベルは胃が締めつけられるような感覚を覚えた。「リオに?」彼に捨てられるのかと怖くなる。

「残念だよ」アレジャンドロは心底そう言っているようだが、彼の本心などどうしてわかるだろう?

「何か問題でも？　お母様がご病気とか？」

「いや《ナウン》」アレジャンドロはもう一度抱きしめたいという気持ちに蓋《ふた》をし、イザベルの横を通り過ぎた。「仕事だよ」嘘《うそ》のいいわけを口にしながら寝室に入り、脱ぎ捨てた服をかき集める。せわしく身支度を調える自分をイザベルが見つめているのに気づき、彼は言った。「父はしばらく前に引退したんだが、今でも何かと会社のことにかかわりたがるんだ」

イザベルが唇を噛《か》む。「わかったわ」

本当は納得していないのだろう。だが、彼女を安心させるには嘘をつくしかない。「そんな顔をしないでくれ、カーラ。また会いたいし、これは――」

「お仕事ですものね」イザベルはにべもなく言った。「わかっているわ」唇を歪《ゆが》める。「さあ、急がないと。飛行機に乗り遅れちゃいけないし」

アレジャンドロはシャツのボタンをはめ終えると、うんざりした目をイザベルに向けた。「そんなにつんけんしないでくれよ、イザベラ。僕だって、その仕事から逃れられるなら、そうするさ」

「ええ、そうね」イザベルがこちらを信用していないのはあきらかだ。アレジャンドロは、こんなかたちで彼女と別れるのはどうしてもいやだった。

「カーラ」説得するように語りかける。「また戻ってくるよ、ロンドンに。これが最後というわけじゃない。約束する」

イザベルは唇を固く結び、首を振った。アレジャンドロを信じたい。心からそう思う。けれど、親密な関係になったとたんにイギリスを去ると言いだすなんて。二人の行く末も決まったようなものだ。「べつにいいのよ」イザベルはそう言ったが、アレジャンドロはそのままにしておけなかった。

「よくないさ」彼は靴を履きながら言った。「君をないがしろにしているとは思ってほしくないな」

「あら、違うの?」イザベルは歯を食いしばりながら尋ねた。だが、心の奥ではわかっていた。彼はその場しのぎになんとでも言えるのだ、と。

「もちろんさ」アレジャンドロは張りつめた気持ちでイザベルをじっと見つめた。もう一度触れてしまえば、放せなくなるにきまっている。「無責任な男だと思わないでくれ、カーラ」彼の頬にかすかな赤みが差した。「そう思われてもしかたないな、ちゃんと避妊をすべきだったたよ。だが――」

イザベルの怒りに満ちた叫びが、彼の言葉を遮った。「やめて。それ以上言わないで。ひどいわ!」荒々しく息をのむ。「私が心配していたのは、この先二人がどうなるかってことよ。あなたは私を騙《だま》したようなものなのよ、わかってる? こっちのことはほっておいてちょうだい、セニョール」軽蔑《けいべつ》をこめてポルトガル語の敬称を使う。「心配しないで。自分の面倒は自分で見るから」

「イ、ザ、ベ、ラ、……」

「私の名前はイザベルよ」イザベルは身を守るようにシャツの前をかき合わせた。「さあ、出ていって。お互い後悔するようなことを言ってしまう前に」

「イザベル、聞いてくれ《ポル・ファボール》」

「いやよ」

自分の声の変調にアレジャンドロが気づかないよう、イザベルは祈った。彼の前で泣き崩れるわけにはいかない、絶対に！　けれど、本当は大声をあげたかった。裏切られた悲しみを空に向かって思いきり叫びたかった。

しかし、イザベルはこわばった足どりで玄関へ向かった。後ろからついてくる彼を見ようともせずに。

「ケリーダ」追いすがるようなアレジャンドロの声にも、イザベルはただ首を振るばかりだった。

「さようなら」張りつめた声でそれだけ言うと、黙って彼を出ていかせた。ドアを閉めて鍵《かぎ》をかけたとたん、熱い涙が堰《せき》を切ったように流れだした。

5

三年後。

空から見下ろすリオデジャネイロの町はとても印象的だった。シュガーローフ山、コルコヴァド山の頂上に立つキリスト像、グアナバラ湾《バイア・ジ・グアナバラ》を取り巻く華やかなビーチ。

イザベルの読んだ本によると、初期の移植者たちはこの湾を河口と思いこんでいたらしい。〝川《リオ》〟とこの国が発見された〝一月《ジャネイロ》〟を合わせて、この町の名前としたそうだ。

十一時間のフライト中、イザベルは多くの読み物に目を通し、この国や住んでいる人々に関する知識をできるだけつめこもうとした。今度のインタビューの相手がどんな人物かは、会ってからでもわかるだろう。アニータ・シルヴェイラが有名作家であることはすでに知っている。彼女の著書も数多く読んだし、その人となりも少しはわかっているつもりだ。

ブラジルでの仕事を引き受けるとは、皮肉なものだ。叔母のオリヴィアは反対し、叔父のサムでさえ躊躇《ちゅうちょ》した。だが、シルヴェイラはイザベルの書いた記事をいくつか読んだうえで、彼女をインタビュアーとして指名してきたらしい。それに、この仕事は『ライフスタイル』誌にとって大きなチャンスとなる。叔父はしぶしぶイザベルを派遣した。

　アレジャンドロ・カブラルにでくわすとは思えないわ。叔母が彼の話を持ち出したとき、イザベルはそう言い返した。リオは巨大な都市だ。人口も六百万人を超える。娘の父親と偶然再会する可能性は、ゼロに近いだろう。

　それでも正直なところ、アレジャンドロが生まれた場所、知り合ったころに住んでいたという場所を、自分の目で見るのは楽しみだった。あんな短い間の付き合いが、切っても切れないかかわりをもたらすことになるとは。イザベルは苦々しい思いを嚙《か》みしめた。けれど、エマなしでは生きていけない。娘のおかげで、生きることの真の意味を知ったのだ。

　しかし、今やリオははるか後方にあった。二日前リオに到着したときに、宿泊場所を提供してくれた叔父の友人ベン・グッドマンから、シルヴェイラはリオ北方にある海岸沿いの別荘《ヴィラ》に移ったと聞かされた。リオの暑さを耐え忍ぶより、ポルト・ヴェルデで涼しい潮風に吹かれて過ごすほうを選んだのだろう。

　彼女のことは責められないわ。イザベル自身、寒くてじめじめする真冬のロンドンからやってきたので、空港から一歩出たとたんに襲ってきた暑さと湿気には閉口した。綿のシャツもたちまち肌に張りついた。サンタ・テレサ郊外にあるグッドマン邸に着き、エアコンがあるのを知ったときは、ほっとした。

リオからポルト・ヴェルデへの接続便は高原の上を低空飛行し、海岸沿いの滑走路へと怖いくらいのスピードで降下しはじめた。窓の外に目を向けると、黄金色に輝く砂丘が、揺れる椰子《やし》の木の下で波立っている。はるか遠くには、輪郭を紫色に染めた山々が謎《なぞ》めいた姿を見せていた。

ベンの話によると、シルヴェイラのヴィラはとても美しいらしい。彼女はかなり裕福でやや傲慢《ごうまん》なところもあるようだが、ひとり娘が二十二歳の若さで亡くなったというのは気の毒だ、とのことだった。

叔父は、イザベルがシルヴェイラの私生活に立ち入ることを望んでいるわけではなかった。インタビューにはめったに応じないアニータ・シルヴェイラが今回に限って応じたのは、かつて彼女が初めて本を出版したときに叔父が親切にしたからだ。最近のシルヴェイラは世間の目に触れるのを避けている。イザベルは、こんな特別なチャンスを与えられたことを光栄に思っていた。

まもなく着陸するというアナウンスのあった数分後、イザベルを乗せた小型機は軽い衝撃とともに滑走路に着陸し、ターミナルへと徐行していった。ターミナルのすぐそばには海が広がっている。

タラップを下りると、ふたたび熱気に襲われた。乗降用通路がないので、歩いて到着ロビーへ向かう。かなり待たされた末にようやく荷物が出てくると、イザベルはスーツケースの持ち手をつかみ、ふたたび日の光の下に出た。

タクシーもあるし、アニータ・シルヴェイラの住所もわかっている。だが今夜はホテルにチェックインし、旅の疲れを癒《いや》したかった。彼女に会う手はずは、ひと晩しっかり眠ってから整えればいい。

ところがタクシーに向かってまだ歩きだしてもいないうちに、黒いベストに白いシャツ、だぶだぶのズボンというういでたちの年老いた男性が、こちらへゆったりと歩いてきた。

「ミズ《セニョーラ》・ジェイムソン?」男性はたばこの脂《やに》で染まった不ぞろいな歯を見せながら尋ねた。

「はい」イザベルは驚いた。「ジェイムソンです」

「ムィント・プラゼール」きっと〝はじめまして〟という意味だろう。男性は彼女のスーツケースを勝手に取り上げ、旧式のリムジンへと運んでいった。「エントラル、ポル・ファボール」どうやら〝お乗りください〟と言っているらしい。

イザベルはためらった。ポルトガル語は少しならわかるものの、会話ができるほどではない。それに、彼はこちらの名前を知っているようだが、空港からホテルまで案内がつくとは聞かされていなかった。

「あのう、どちら様ですか?」イザベルは丁重に尋ねた。英語がわかってもらえるといいのだが。すると、彼はふたたび茶色い歯をのぞかせた。

「マノスです」男性は即答し、節くれ立った指で自分の胸を指した。「奥様《セニョーラ》の使いの者です。セニョーラ・シルヴェイラの」

「まあ」イザベルはほっとした。「ホテルまで案内してくださるのね？」

「ホテル？　いいえ、セニョーラ。奥様のヴィラに滞在していただきます」

イザベルは口をぽかんと開けた。「でも……」

そこでイザベルは顔をしかめた。シルヴェイラが宿泊先を手配してくれると叔父から聞いてはいたが、とうぜん町中のホテルに泊まるものと思いこんでいたのだ。イザベルは唇を噛んだ。どんなに気前のいい申し出であっても、初対面の人のヴィラに滞在したいとは思わない。こういう場合はいつも、ひとりでどこかに宿泊する。そのほうが何かと気楽なのだ。

けれど、ホテルが予約されていないとなると……。

「あの……なんて言えばいいのかしら」

「どうぞ《ポル・ファボール》」マノスはふたたび車のほうを指し示した。今度はトランクを開け、イザベルのスーツケースもつめこむ。「そう遠くはありませんよ、セニョーラ。大丈夫、運転には自信がありますから」

イザベルは首を振った。こちらが心配しているのは運転の腕のことではない。だが、それをポルトガル語で説明するのは至難の業だ。

しかたなくうなずき、言われたとおりリムジンに乗りこんだ。ミニスカートからのぞく腿が熱い革のシートに触れ、思わず顔をしかめる。

道は、空港を出たところから海岸線に沿ってくねくねと続いていた。リムジンはどっしりしていて、驚くほど乗り心地がいい。路面がところどころでこぼこしているので、それはありがたいことだった。もう夕方近いが、暑さはまだまだ厳しく、旧式の車には除湿機能もなかった。

「どのくらいかかるんですか?」とうとうイザベルは尋ねた。車は小さな村を通過していた。裸足《はだし》の子供や痩《や》せた犬が動きを止め、堂々と走っていくリムジンをじっと見つめる。

シルヴェイラはこの大きな車に乗ることで優越感を感じているのだろうか。

「ナゥン・イ・ムィント・ロンジ」マノスがバックミラーに映るイザベルと目を合わせつつ答える。「そんなにかかりません。おくつろぎください」

実のところ、イザベルはあまりくつろげなかった。長旅の疲れはまだ取れていない。そのうえ、これから数日間、赤の他人のヴィラに滞在するのかと思うと気が滅入《めい》る。こんな仕事など引き受けずに、おとなしく家で娘と過ごしていればよかった。

けれど、シルヴェイラのほうもこちらを知らないのだ。それでも厚意で泊まらせてくれるというのだから、自分を憐《あわ》れむのはやめにして、彼女との対面を楽しみにするべきだろう。

やがて道の片側に続いていた並木がとぎれ、鉄の門が現れた。マノスはいっそう熱のこもった運転ぶりで門をくぐり、スピードを上げて私道を進んだ。

右を向いても左を向いても、目に映るのはきちんと刈りこまれた芝生だった。まもなく青桐《あおぎり》の垣の隙間《すきま》から、柱廊に取り巻かれた邸宅が見えてきた。アーチ型をした上階の窓が優美な雰囲気を添えている。花盛りの灌木《かんぼく》に囲まれた前庭には石造りの噴水があり、蘭《らん》の花の浮いている水盤へと水が流れ出ていた。

マノスは前庭に通じる浅い石段の正面に来たところで、ようやくブレーキをかけ、車を止めた。すると二人の男性が石段を下りてきた。マノスと似た服装をしているが、もっと若い。ひとりはイザベルが車を降りられるようドアを開け、もうひとりはトランクからスーツケースを出した。

イザベルはこんな扱いを受けたのは初めてだった。だが、どうやらこれがシルヴェイラ流の生活らしい。車から降りると、どっと疲労感に襲われた。ホテルに泊まれば、今夜シルヴェイラに挨拶《あいさつ》などせずにすむのに。

そのとき、ひとりの女性がアーチ型の玄関口に姿を現した。堂々たる体格をした長身の女性だ。長い黒髪を肩のあたりまでまっすぐ垂らしている。荷下ろしを指示するマノスをじっと見つめているが、こちらに来ようとはしない。いったい何者なのだろう、とイザベルはぼんやりと考えた。

ふたたびマノスがそばに来て、前に進めとしぐさで伝えた。「奥様《セニョーラ》がお待ちです」急《せ》かすように言われて初めて、イザベルはその女性がヴィラの主《あるじ》なのだとわかった。しかたなく石段を上がる。近くで見ると、シルヴェイラはたいへんな美人だった。彫りが深くて鼻も高く、ふっくらとしたセクシーな唇をしている。

イザベルは一瞬、女主人が挨拶もせずに家の中へ引っこんでしまい、自分はそこに放置されるのではないかと思った。だがシルヴェイラはこちらにやってきて、女王さながらの貫禄《かんろく》ある落ち着きぶりで片手を差し出した。

「ミズ・ジェイムソンね？　ヴィラ・ミモザへようこそ。アニータ・シルヴェイラです、ご存じよね。中へどうぞ。長旅でさぞお疲れでしょう」

イザベルは安堵《あんど》のため息をもらした。ポルトガル語が話せるものと思われていたらどうしようかと不安だったのだ。「ええ、少々」そう答え、女主人のあとについて柱廊を進み、広くて四角い客間に入る。「泊めてくださり、ありがとうございます」

アニータは軽い手振りだけで応《こた》えた。イザベルは好奇心に駆られて室内を見まわした。鏡板張りの黒っぽい壁、モザイク模様の床、中央のシャンデリアの光を受けて輝く暗色の家具。壁の高い位置にある窓から、薄くなってきた日の光が差しこみ、彫刻の施されたアルコーブや大理石の彫像を照らしている。

いささか威圧感のある部屋だ。アーチ型の出入口から見える隣の部屋は、重厚感のあるオーク材やマホガニー材の家具でいっぱいだった。全体的に装飾過多で、リオにあるベンの家とは大違いだ。

客間の奥から年輩の女性が現れた。全身黒ずくめで、銀髪をひっつめにしている。純白のエプロンをしているところを見ると、たぶん家政婦だろう。彼女もまた〝奥様《セニョーラ》〟の使用人というわけだ。いったいどれだけの使用人がいるのかしら。

アニータはその女性と声をひそめてひとしきり話したのち、ふたたびイザベルのほうに向き直った。

「こちらはサンシャ」そう言って、さりげなく二人を引き合わせる。「どこに滞在していても、サンシャが私と私の家の面倒を見てくれるの」ふくよかな唇に笑みが浮かぶ。「彼女が家政婦《ドナ・ジ・カーサ》だから、困ったことがあれば彼女に言ってちょうだい」

イザベルは握手を求められるのではないかと思ったが、サンシャはうつむいたままだった。

「サンシャがお部屋までご案内するわ」アニータは家政婦ともう一度言葉を交わしてから言った。「軽食も用意させるわね。荷物は先ほどの者たちに持っていかせますから」

「ありがとうございます」

休息の時間が取れるのはありがたい。ひと息入れれば、この家の雰囲気にも慣れるはずだ。

「ディナーは九時よ」今夜はこれで解放されると思わせないようにか、アニータはそうつけ加えた。「用意ができたら、使用人にそう言ってちょうだい。テラスまで案内させますから」

「ありがとうございます」イザベルがふたたび言うと、アニータは片手を上げて応え、弓なりの通路を右に折れて姿を消した。サンダルのヒールが煉瓦《れんが》敷きの床に当たる音が遠ざかっていく。やがてドアの閉まる音がして、それきり何も聞こえなくなった。

そのとたん、サンシャが自分の仕事を開始した。「こちらです《イ・ポル・アキ》」そう言いつつ、手招きする。イザベルは彼女のあとについてアーチ型天井の下を通り抜け、建物裏手のベランダに出た。

それまで涼しい客間にいたので、外の熱気と湿気が強烈に感じられる。いったいどこへ連れていかれるのだろう。コテージ？　雇われ者は、誰であれ、贅沢《ぜいたく》な部屋には寝泊まりできないのかもしれない。イザベルはうなだれた。どこでもいいからエアコンのある部屋に泊まりたい。着ているものすべてが肌一面に張りついているような気がする。

イザベルにあてがわれたのはベランダ付きの離れの部屋だった。両開きのドアを開けると、そこは快適な居間で、木煉瓦敷きの床の上に革のソファが置かれていた。壁には色彩に富んだ風景画が飾られている。いつ使うのか、大理石の暖炉もあった。ガラスの円テーブルにはアップライト・チェアが四脚据えられている。テレビまであるとは思いもしなかった。

母屋よりずっと明るい雰囲気の部屋だ。イザベルはサンシャに感謝の笑みを向けた。

「すばらしいお部屋ね。ありがとう。気持ちよく過ごせそうだわ」

「寝室はこちらです《ウ・クワルトゥ・アキ》」サンシャは部屋の奥まで進み、そこにあるドアを開けて隣の寝室に入ると、懸命に英語を使ってみせた。「お気に召しましたか?」

「とてもすてきよ。ええと、ムイント・ベイン」イザベルもポルトガル語で返事をした。

だがサンシャは意外そうな顔もせず、ただうなずいて部屋から出ていった。すると今度は先ほどの男性たちが、イザベルのノート型パソコンが入ったブリーフケースやそのほかの荷物を運んできた。

彼らに礼を言い、シャワーでも浴びようかと思っていると、メイドが軽食を持ってきた。アイスティーにホットコーヒー、フルーツジュース、シーフード入りの小さなサンドイッチ。キャビアとクリームチーズがこぼれんばかりにのったカナッペもある。

けっして空腹ではないが、こんなにおいしそうなものなら味わってみたい、という誘惑には勝てなかった。ヴィラのすべてがそうであるように、この軽食もひどく贅沢だ。そのうち慣れるのかしら。いや、無理かもしれない。だがイザベルは、筋立ててものを考えられないほど疲れきっていた。

とはいえ、無事到着した旨を叔父と叔母に電話で知らせることくらいはできる。エマの声も聞きたかった。出張で離れ離れになるときは、幼い娘がひどく恋しくなるのだ。

「エマは元気よ」電話に出た叔母は、イザベルを安心させるように言った。「馬の餌《えさ》やりを手伝ってくれてね。そのあと犬を連れて散歩に出かけたわ。今はぐっすり眠っているところ。きっと、飼育小屋にいる子犬たちの夢でも見てるんじゃないかしら」笑って続ける。「ママはどこにいるの、いつ帰ってくるの、って少なくとも十回はきかれたわ」

イザベルは切なさに喉が締めつけられた。「よろしく言っておいてね」声をつまらせながら言う。

「もちろんさ」叔父が妻の肩越しに言っているのがわかった。「ところで、ホテルは快適かい？」

「それが、ホテルじゃないのよ」イザベルは間髪を入れずに答えた。「空港に男の人が迎えに来て言ったの、セニョーラ・シルヴェイラが泊まりに来てほしいと言ってる、って。で、彼女のヴィラにいるの」

イザベルが連絡のとりやすいホテルに滞在していないことを知り、叔母はやや心配そうだった。けれど、叔父はそんな様子もなく尋ねてきた。「ヴィラ・ミモザはどんなところなんだい？　アニータとはもう話せたのか？」

「挨拶はしたわ」イザベルは娘の話を聞いてあふれてきた涙を、まばたきで抑えた。「アニータは……とてもいい人みたいね」

「不安そうだな」叔父の声が先ほどよりもはっきりと聞こえる。叔母から受話器を受けとった。ったのだろう。

「そんなことないわよ」イザベルは言い返した。「アニータと話ができたら連絡するわ。そろそろ切るわね。電池切れになりそうだから」

イザベルは電話を切ると、シーフード・サンドイッチとコーヒーに手をつけた。アイスティーにも心引かれたが、今必要なのは気つけのカフェインだ。

シャワーを浴びてから少し休息をとった。クィーンサイズのベッドは、思ったとおりふかふかだったが、気持ちが高ぶっていて眠れなかった。だが、それでよかったのだろう。荷解《にほど》きをして、ディナーに着ていく服を選ばなければならないのだから。

しばらくしてから、ふたたび起き上がって居間へ行くと、長いカーテンが開けられていた。イザベルは外をのぞいてみようと、あちこちの明かりをつけながら窓辺へ向かった。表はもうすっかり暗くなっているが、敷地内はライトアップされている。

そのとき、ベランダの外を人影がよぎった。イザベルは危険を感じ、とっさにあとずさりした。今のは男性だった。間違いない。こちらの様子をひそかにうかがっていたのかしら？　心配になって入口のドアに目を向けたところで気づいた。シャワーを使う前に鍵《かぎ》をかけておくのを忘れていた。

ドアを開けて外をのぞいてみようかとも考えたが、それもばかみたいだ。そのうえ、表の椰子の木が窓のほうに向かって揺れるのを見たら、それを人影と間違えたのかもしれないとも思えてきた。きっと娘や今度のインタビューのことが気がかりで、神経質になっているのだ。ひと晩ぐっすり眠れば、すべてが違って見えてくるだろう。

イザベルは寝室に戻り、急いで荷解きをした。そして、持ってきた服をあれこれ着てみた末、シンプルな黒のスリップドレスを選んだ。きちんとしているがオーソドックスすぎることもないし、袖《そで》のある服よりも涼しいだろう。足元もやはり黒のストラップレス・サンダルにした。これを履けば背が高く見え、自信もわいてくる。

電話をかけると、すぐさま先ほどのメイドがやってきた。あれからずっと部屋の外で待っていたとしか思えないようなすばやさだ。例の人影はこのメイドだったのかもしれない。

表に出るなり、シルクのドレスを選んで正解だったと思った。とはいえ、海風は心地よい。イザベルは初めて潮の香りに気づいた。

ふたたび母屋に入って客間を突っきり、整理整頓《せいとん》の行き届いた隣の部屋を通り抜ける。すると、目の前にガラス張りのテラスが現れた。アニータ・シルヴェイラがそこにいた。クッションのついた長椅子の背にゆったりともたれている。

イザベルが入っていくと、アニータは立ち上がったが、こちらを値踏みするように眺めまわした。イザベルは、自分にどこかおかしなところでもあるのかと不安になった。アニータのほうは、流れるようなシルエットをした多色使いのカフタンドレスを着ていた。深いネックラインと腰のあたりまで入ったスリットが、なまめかしい容姿を引き立たせている。

「まあ、ミズ・ジェイムソン」アニータは持っていたカクテルグラスを置き、こちらを注意深く見つめた。「なんて快適そうな格好をしているの。いかにもイギリスって感じね」

認めたくはないが、アニータの色鮮やかなファッションに比べれば、確かに私はつまらない格好をしている。イザベルは努めて彼女の言葉をジョークにしようとした。「お褒めの言葉と受けとっておきます」あたりを見まわすと、テラスの隅にある冷蔵ケースの向こうでウエイターが待機している。「すてきなテラスですね。ここはそんなに堅苦しい雰囲気でもないし……」

「私の家が堅苦しい雰囲気だというの？」

アニータが噛みついてきた。イザベルは、言葉にはもっと気をつけなければと肝に銘じた。「いえ、伝統を重んじている感じだと」やっとのことで言う。「以前ポルトガルで見た家に似ているんです」唇を舌で湿す。「本当にすばらしいお宅ですね」

アニータの気持ちは多少おさまったようだった。これ以上その話を続けても無益だと思ったのか、彼女は言った。「ルイスに飲み物を用意させるわね。何がいい？　ワイン？　それともカクテルかしら？」

「白ワインをお願いします」イザベルはアニータの厚意に甘えて答えた。すでに疲れている頭を、強い酒でますます混乱させるようなことはしたくない。

「わかったわ《ムイント・ベイン》」アニータは指を鳴らした。「ルイス、こちらの女性にワインをお持ちして」

「はい《シン》、奥様《セニョーラ》」

ルイスはぱっと仕事に取りかかった。ほどなくイザベルは白ワインのグラスを受けとった。「ありがとう」ウエイターが冷蔵ケースのそばに戻ると、イザベルは礼を言った。「とてもおいしいわ」

ルイスがお辞儀をする。そこに、隣の部屋を歩く足音が聞こえてきた。ややとぎれがちの、ゆっくりとした足音だ。しかし、アニータはいかにもうれしそうにドアのほうを向いた。

「義理の息子が来たわ」アニータの言葉にイザベルは心底驚いた。彼女の娘が結婚していたとは知らなかった。「アレックス、こちらに来てお客様にご挨拶を。あなたを待っていたのよ」

イザベルはため息をもらした。もしかしてアニータは今夜のうちにインタビューを始めるつもりかもしれない、と思っていたのだが、そうではないらしい。だが、喜んでいいのか悲しんでいいのかわからなかった。こうして歓待を受けていても、この仕事を早く終えてしまいたいというのが正直な気持ちなのだ。それに、アニータの家族との面会など、今回の仕事の内容には含まれていない。

だが次の瞬間、イザベルはその場に座りこんでしまいそうになった。ディナーの席に加わった男性は、嘲笑《ちょうしょう》的な冷たい視線をこちらに向けた。アニータは彼をアレックスと呼んでいるようだが、イザベルにとってはアレジャンドロという名前のほうがしっくりくる。最後に会ったときからもう三年、はるか遠く離れて暮らしてきたが、間違えるはずもない。不安定な足どりでテラスに入ってきた男性は、エマの父親だった。

6

イザベルはしゃがみこみたかった。だが、そんなことをすれば注目を引き、顔にショックが浮かんでいるのを知られてしまう。アレジャンドロがアニータのほうに歩いていく間も、間の抜けた笑みを口元に張りつけて立っているしかなかった。

イザベルはふと、アレジャンドロが片足を引きずっていることに気づいた。さらに、アニータの差し向けた両の頬に身を屈《かが》めてキスをしている彼の顔に目をやり、思わず息をのんだ。右眉から口元にかけて、大きな傷跡があるのだ。

アレジャンドロは、イザベルが息をのむ音に気づいたそぶりも見せず、義理の母に向かって挨拶《あいさつ》をした。「こんばんは、親愛なる人《オ・ラ・カーラ》」イザベルの記憶にあるのと少しも変わらぬ、心かき乱す低音の声だ。「僕たちのお客様がいらしたようですね」

僕たちの？

イザベルは喉をごくりとさせた。私はなんと言えばいいのかしら？　アレジャンドロと知り合いであることを話してもいいのだろうか？　普通ならためらうような場面ではないが、これはけっして普通の状況ではない。エマのことも考えなければ。彼は娘の存在を知っているの？　それとも、この再会はとんでもない偶然で、向こうにとっても予想外の出来事《シン》だとか？

「ええ、こちらがミズ・ジェイムソンよ」アニータが片手をイザベルのほうに伸ばす。「ミズ・ジェイムソン、さあ、こちらに。義理の息子のアレックス・カブラルよ。彼も同席しますからね」

イザベルが何も言わぬうちに、アレジャンドロが片手を差し出してきた。「ベイン・ビンドゥ」その言葉は会話集に載っていた。〝ようこそ〟という意味だ。「はじめまして」

あきらかにアレジャンドロは、二人が知り合いであることを隠そうとしている。イザベルは唇を湿した。彼のように動じずにいられればいいのだが。もちろん、向こうがこちらを覚えていないのなら、話は別だ。二人の関係を忘れられるはずがないというのは、こちらの勝手な思いこみかもしれない。情事のあとに彼が見せた反応を考えれば、あの夜のことはなんら意味のないものだったのだという気がする。

しかも、彼は帰国後早々に結婚したらしい。イザベルはグラスを握る手に力をこめた。やはり、二人の関係は記憶にも残らないものだったのだ。

それにしてもアレジャンドロは変わった。あのころよりも、ずっと年をとって見える。しかし、妻を亡くせばそうなってもしかたないだろう。

イザベルは胃が締めつけられるような思いがしたが、アレジャンドロの傷跡に神経を集中させた。闇《やみ》のごとく黒かった彼の髪には白いものがちらほら交じり、目や口のまわりには深いしわが刻まれている。

それでもやはりアレジャンドロには、ひと目でイザベルを惹《ひ》きつけたあのときと変わらぬ、圧倒的な魅力があった。傷跡さえ、かねてからとびきりセクシーで男らしかった顔に力強さをプラスしている。

だが、イザベルの脈が警鐘を鳴らすかのように速まったのは、アレジャンドロのそんな容貌《ようぼう》のせいだけではなかった。気をつけなければ、彼が秘めている不思議な力にまたもや屈してしまいかねない、という危機感をいだいたからだ。

彼もそれに気づいているのだろうか？　くぼんだその目を見ても、イザベルにはわからなかった。アレジャンドロはどことなく決然とした顔つきで、こちらの胸の内を見抜こうとしているかのように見える。だがその表情は謎《なぞ》めいていて、何を考えているのか見当もつかない。けれど、彼の口元に浮かぶかすかな笑みは、イザベルを不安に陥れた。

イザベルはなんとか口を開いた。「はじめまして」やや皮膚の厚くなった硬い手に触れても、どうにかたじろがずにすんだ。だが一瞬、親密な意味合いをこめて手を握りしめられ、その熱い温《ぬく》もりが腕から顔へと波のように押し寄せてきたとたん、反射的に手を引っこめてしまった。

やめて。心の中で叫び、ふたたび目を合わせると、アレジャンドロは蔑《さげす》むように唇を歪《ゆが》めていた。きっと、こちらが顔の傷に嫌悪感を示したと思っているのだ。まったく、なんという勘違いだろう。

アニータは、義理の息子と客が無言で気持ちのぶつけ合いをしているのをほうっておけないらしく、二人の間に割って入った。「叔父様から聞いているでしょう？　娘のミランダが一年ちょっと前に亡くなったことは」そしてアレジャンドロのほうを向くと、腕を彼の腕に絡ませた。「それ以来、アレックスと私は固い絆《きずな》で結ばれているの。そうよね、愛する人《ケリード》？　あの子を失った悲しみを二人で乗り越えたのよね」

イザベルは目を大きく見開いた。ミランダが亡くなって、まだそんなに日が浅いとは。ミランダとアレジャンドロの結婚生活はどのくらい続いたのだろう。事故で死に別れたとか？　ロンドン滞在時には彼はすでに妻帯者だった、という可能性もあるのでは？

「そうですね《イ・クラロ》」今度はアレジャンドロが口を開いた。彼はアニータの示した独占欲に辟易《へきえき》していても、それを表には出さなかった。そしてイザベルのほうを向き、あきらかに先ほどよりも冷たい声で言った。「ミズ・ジェイムソン、あなたにもお嬢さんがいるそうですね。連れてこられなかったのが残念だ」

イザベルは、エアコンのきいている部屋がいきなり蒸してきたように感じた。息ができない。顔からすっかり血の気が引いたのがわかる。彼は知っているのだ、エマのことを。

でも、どうして？　エマが自分の娘だと気づいているのだろうか？

「あの……私……」

言葉が喉につかえて出てこない。そこでふと、自分の姿を見てもアレジャンドロが驚かなかったことに思いいたった。先ほどはわき起こるさまざまな感情に翻弄《ほんろう》されて気づかなかったが、彼は私が来ることを知っていたのだ。なのに、それを阻止しようとしなかった。なぜ、また会おうと思ったのだろう？　エマのことと関係があるとしか考えられない。

口の中がからからになったイザベルは、ワインを飲んで舌をなめらかにしようとした。だが、結局むせ返って咳《せ》きこむはめになった。するとアレジャンドロがやってきて、震える彼女の手からグラスを取り上げた。

「お客様はお疲れのようよ。今夜はあなたの質問には答えられなさそうだわ、アレックス」イザベルはアニータの助け船をありがたく思った。それでいながら、彼女は自分以外の人間に義理の息子の注意が向けられていることに腹を立てているのでは、と思えてならなかった。アニータが振り返って指を鳴らし、鋭くいかめしい口調でルイスに指示を出す。彼が急ぎ足で部屋を出ていくと、アニータは引きつった笑みをイザベルに向けた。「サンシャに食事をお部屋まで運ばせるよう指示しておいたわ。今夜はそのほうがいいわよね？」

イザベルは心底ほっとしてため息をもらした。「はい、ありがとうございます」アレジャンドロと目を合わせないようにしながら答える。「長旅だったので、かなり疲れていまして。申しわけありませんが、先に休ませていただけるとうれしいです」

「僕が部屋まで送っていこう」すかさずアレジャンドロが言う。しかしアニータが反対してくれた。

「それは使用人に任せたほうがいいんじゃないかしら」アニータはアレジャンドロの袖《そで》を軽く叩《たた》きながらたしなめた。「あなたたちは知り合ったばかりでしょう、ケリード」親密な笑みを彼に向ける。「彼女はなんだかあなたを怖がっているようだし」

アレジャンドロが唇を引き結び、アニータに向かってポルトガル語で何か言うと、彼女の顔から笑みが消えた。彼はイザベルのほうに向き直り、ひややかな口調で言った。「怖がらせてしまったのなら申しわけない。そんなつもりはなかったんだが。話の続きはまた今度にしよう」

話すことなど何もないわ。イザベルはそう言ってやりたかった。しかし、ここで口論を始めるわけにはいかない。なんとか愛想よくほほ笑み返してみせた。「楽しみにしています」うろたえていることを悟られまいとして答える。けれど、テラスに案内してくれたメイドがまた迎えに来てくれたときは、心の底から安堵《あんど》した。

あとから料理が運ばれてきても、食欲はわかなかった。気分も悪いし、頭もすっかり混乱している。なぜ私はここに呼ばれたのだろう。本当に、アニータについての記事を書かせるためなのかしら？　それとも、私をおびき出すための策略だったの？　だとしたらなんのために？　やはりエマのことしか思いあたらない。イザベルは怖くなった。

アレジャンドロがアニータの別荘《ヴィラ》の裏手にある砂丘に愛車のSUVを止めたとき、あたりはまだ暗かった。義母と緊迫した雰囲気で食事をとったあとは、泊まっていかないかとの誘いを断って帰宅した。だが、それは眠るためではなかった。ゆうべの失敗のあとでは、服を脱ぐ気力さえ起こらなかったのだ。絶対にイザベルと会って話をしよう。それでアニータの機嫌を損ねることになっても、かまうものか。

伸びかけた顎髭《ひげ》を無造作に手でさすると、ドアを開け、ためらいがちに車を降りた。この時間になっても外はまだ暑いが、心地よい海風が吹いている。

ヴィラの明かりはすべて消えていた。アニータはまだ眠っているのだろう。彼女が十一時前に起きることはめったにない。

アレジャンドロがビーチを散歩するときにこの時間帯を選ぶのは、そのためだった。自宅は、ここから曲がりくねった急勾配《こうばい》の道を十五キロほど登った丘の上にある。イザベルがやってくると知ってからは、彼は頻繁にヴィラに顔を出していた。

皮肉な運命に対する怒りを叫びにしたいという衝動を抑えるのが、これほど難しいとは思いもしなかった。おまけに、こちらの状況は劇的に変化したというのに、イザベルのほうは腹が立つほど変わっていなかった。

子供を産んだという点を除けば……。

白々と夜が明け、行く手に流木が落ちているのが見えてきた。それを脇《わき》へ蹴飛《けと》ばし、また前方に視線を戻すと、そこにイザベルがいるのが見えた。あたりはまだ薄暗かった。だが、朝日で薄黄色に染まる空を背景にくっきりと浮かび上がったその細身の姿を見間違えるはずがない。泡立つ水に足首までつかっているのは、まぎれもなくイザベルだ。

彼女はこちらに気づいていなかった。ノースリーブのシャツにショートパンツというラフな格好をしているのは、誰にも会うまいと思っているからだろう。状況は完璧《かんぺき》だ。これなら不意打ちできる。

「やあ」アレジャンドロが呼びかけると、イザベルはびくんとした。「泳ぎにでも行くつもりかい？」

イザベルはウエストのあたりで手を組んだ。「いいえ」慌てて答え、後方のヴィラに視線をやる。そして、ふと思いついたように尋ねた。「あなた、ここに住んでいるの？」

アレジャンドロは唇を歪めた。「いや」

「じゃあ、ゆうべは泊まっていったの？」

「おいおい、勘弁してくれよ」アレジャンドロはぞんざいに髪をかき上げ、まさかといった顔でイザベルを見つめた。「アニータは義理の母親だ。恋人じゃない」

「向こうもそう思っているかしら？」

つい口にしたその台詞《せりふ》を聞き、彼が両の拳《こぶし》を固く握りしめると、イザベルは一瞬うろたえた。

「それがどうした？」アレジャンドロの琥珀《こはく》色の瞳が、はっきりそれとわかるほど暗くなった。「嫉妬《しっと》しているのか、いとしい人《カーラ》」彼は口元にセクシーな笑みを浮かべた。「焼いてくれるとは意外だな」

「勝手に言っているといいわ！」

イザベルはかっとして顔を紅潮させ、瞳に火花を散らした。アレジャンドロはそんなからかい方をしたことに罪悪感を覚えた。

太陽が地平線を明るく照らすなか、化粧もせずに唇をかすかに開いて震えているイザベルは、このうえなく無垢《むく》に見えた。今朝の彼女はピンクの服を着ていた。ぴったりとしたベストの生地に、胸の先端の形がくっきりと浮き出ている。ブラジャーはしていないにちがいない。アレジャンドロは意に反して、珍しく腿の付け根がこわばるのを感じた。

イザベルがこちらに背中を向けた。距離をとろうとしているらしいが、アレジャンドロはそうはさせなかった。「待てよ」逃げられないよう彼女の二の腕をつかむ。「僕たちには話し合わなければならないことがあるだろう、イ、ザ、ベ、ラ。それとも、ゆうべが初対面だったというふりを続けるつもりか？」

「先にふりをしたのは、あなたでしょう」イザベルは腕をつかんでいるアレジャンドロの手をこれみよがしににらみつけてから、ふたたび彼の浅黒い顔を見上げた。

アレジャンドロは眉根を寄せた。イザベルの言うとおりだ。それに、彼女との再会に向けて心の準備はしていたが、実際に会ったらどんな気持ちになるかということまでは考えていなかった。

「エスタ・ベイン」アレジャンドロはぶっきらぼうに言った。「そうだね。だがアニータの前で、君の娘の父親を話題にすることなんてできるかい？　君は僕の顔を見て取り乱していたね。それは、僕の外見が変わったせいだけじゃないだろう」

「取り乱してなんかいないわ！」

イザベルは胸の内でパニックが生じるのを感じた。彼に弱みをあばかれそうで怖かった。けれど、エマは私の娘だ。彼のものではない。

「そうかな？」アレジャンドロはあきらかに信じていないようだ。

「そうよ」

イザベルは弱々しく息を吐いた。どうもうまく話ができない。自分の白い腕とそれをつかむ彼の浅黒い指がやけに対照的に見えて、背筋まで寒くなる。

こんなに彼のことを意識せずにいられればいいのに。これほど近くにいても、懸命に忘れようとしてきた過去を思い出さずにすめばどんなにいいか。アレジャンドロは三年前にリオに戻って以来、会いに来ることも連絡をよこすこともなかったのだから。

イザベルはまた吐息をもらし、こわばった声で言った。「私はここに仕事をしに来ただけよ。セニョーラ・シルヴェイラが雑誌のインタビューを受けてくれると知って、叔父は喜んでいたわ。何年も前に彼女が最初の本を出したとき、叔父が彼女にインタビューをしたのよ」

「だったら、なぜ叔父さんがここに来ないんだ？」

「それは……」事の真相がしだいにわかりはじめ、イザベルははっとして目を見開いた。「今回の件はあなたが仕組んだのね？」

アレジャンドロは肯定とも否定ともつかない、あざけるような目つきでこちらを見た。「君も叔父さんも、これは本当にアニータの決めたことかと疑わなかったのかい？　アニータが人前に出たがらないのは、叔父さんも知っているはずだ。その彼女が沈黙を破るのに、なぜ世の中にごまんとある高級雑誌の中から叔父さんの雑誌を選ぶ？」

「叔父は、以前自分が書いた記事を彼女が気に入ってくれたからだろう、って」

「とんでもない《ケ・ナダ》！」アレジャンドロは吐き捨てるように言った。「叔父さんほどの地位にある人が、そんなに甘い考え方をするようじゃいけないいな」

「叔父は甘くなんかないわ」イザベルは憤慨した。「素直なだけよ。あなたとは正反対だわ」

「なぜそう思う?」

腕をつかむアレジャンドロの手に力が入る。イザベルは痛みをこらえ、必死で平静を装った。

「いんちきの仕事話をでっちあげておいて、そんなことをきくの? どういうつもりか知らないけど、私は今日ロンドンに帰る手配をしますから」

「だめだ《ナウン》」

きっぱりと言いきられ、イザベルは不安にぞくりとした。アレジャンドロはかなり体格がよくて屈強だ。否応《いやおう》なしに彼のことを意識してしまうイザベルにとっては、いろいろな意味で危険な存在だった。

顔に傷跡があり、怪我《けが》のせいでときおり足を引きずってはいるが、やはりアレジャンドロはとてつもなく魅力的だった。それは容貌だけの話ではない。確かに、黒いTシャツの下で盛り上がっている筋肉や、黒のカーゴパンツに包まれている筋張った脚もすばらしい。だが、感覚に訴えかけてくるその男らしさも彼の魅力だった。アレジャンドロはそれを自覚している。ここは彼の独壇場だ。

イザベルの視線は、はからずも下のほうへとさまよっていった。かつてこの手で彼の引きしまった腰をしかとつかんだことを、ふと思い出す。

今はそんなことを考えている場合じゃないわ。イザベルは自分を叱咤《しった》し、彼のズボンの前がまぎれもなく張りつめているのに気づかないふりをした。だがやはり、目の前の現実を無視することはできない。

ああ、どうしよう！

アレジャンドロはこちらの反応を待っている。ここは平静を保たなければ。向こうは完全に主導権を握っているつもりらしいが、こちらの手の内にも多少の切り札はあるはずだ。

「奥さんが……当時は婚約者だったのかもしれないけど……あなたがロンドンでしたことを知ったら、どう思ったかしら」イザベルは彼の攻撃をかわそうと、だしぬけに言った。

「別の女性と一夜をともにしたとは、あなたも言わなかったでしょうけどね」

「言う必要などなかったさ」アレジャンドロは顔を曇らせた。「だが、今はミランダではなく、僕たちの娘の話をしているんだ。僕がその存在さえ知らなかった娘のね」

「どうしてあなたの娘だと言えるの？」

その言葉にアレジャンドロは一瞬はっとしたようだった。彼の指が緩んだ隙《すき》に、イザベルはさっと体を引き離し、ヴィラへ向かって一目散に駆けだした。

百合《ゆり》の花を浮かべた池のある庭園まで来たところでスピードを落とし、息を切らしながら、おそるおそる後ろを振り返る。

しかしイザベルは、驚くとともに胸を撫《な》で下ろした。アレジャンドロが先ほどの場所から動いていなかったのだ。

そこで気づいた。

追いかけてこないのは、彼にはそれができないからなのだ、と……。

7

シャワーを浴びても、イザベルの気分はさほど晴れなかった。

これからどうすればいいのかしら?

まったく皮肉なものだ。ゆうべは夜遅くまで、アレジャンドロは今ごろ何をしているのかと考えていたが、今はそんなことを気にかける必要もない。

世慣れているジュリアの話にふだんからきちんと耳を傾けておくべきだった、と今さらながら後悔する。ジュリアは避妊せずに男性に体を許すことなど、けっしてなかった。おそらくアレジャンドロは、結婚歴のあるこちらが自分で対策を講じるはずだと思っていたのだろうが。

しかしそう考えても、彼をかばうことになるだけだ。妊娠が発覚したとき、イザベルは心の中で何度もそうやって彼をかばった。それとも、子供を産む口実を求めていたのだろうか。たとえ叔父や叔母の支えがなくとも、自力でなんとか子供を育てられることはわかっていたのだから。

どうやらアレジャンドロは、すぐに会いに来られるほど近くに住んでいるらしい。自宅の場所をきいておけばよかった。だがあのときは、ほかのもろもろのことで頭がいっぱいだったのだ。

とりわけ気がかりだったのは、叔父になんと報告すればいいのかということだ。一大スクープの期待に胸をふくらませている叔父に、インタビューは白紙になった、などという話はしたくない。

浴室のドアにかかっていた純白のバスローブに身を包み、イザベルは居間へ戻った。するといつのまにか果物とコーヒーとほかほかのロールパンがのったトレーが運びこまれていた。

食欲をそそるコーヒーの香りが漂う。しかしイザベルは不安に駆られ、あたりを見まわした。たしか、シャワーを浴びる前に鍵《かぎ》をかけておいたはずだ。けれど、使用人たちの中にも合鍵を持っている者がいるにちがいない。アレジャンドロも持っているの？

そのとき、ドアのノック音が聞こえた。イザベルはぎょっとした。こんな時間にいったい何かしら？　家政婦がおかわりは必要ないかときどきに来たとか？　イザベルはしぶしぶドアへ向かった。

ドアの外に立っていたのは、驚いたことに若い男性だった。ラテン系の整った顔は自信に満ちている。ほかの使用人たちとは異なり、仕立ての良いグレーのスーツにシャツとネクタイといういでたちだ。

「ミズ・ジェイムソンですか？」男性が嬉々《きき》とした声で尋ねる。そこでイザベルは、自分がまだバスローブ姿であることを思い出した。品定めするようにじろじろ見られて、頬がほんのりと赤らんでくる。「ヒカルド・ヴィンセンテといいます。セニョーラ・シルヴェイラの個人秘書をしています」

「あらそう」握手を求められ、イザベルは少々面食らった。「ええと、はじめまして」口ごもりながら彼の腕時計を盗み見ると、まだようやく八時になったところだった。「何かご用？」

あやうく〝なんの用？〟と言いそうになった。先ほどアレジャンドロから話を聞いたので、インタビューをする意味がないことはもうわかっている。

「別荘《ヴィラ》を案内してさしあげるよう言いつかりました」彼は少しばかり誇らしげな笑みを浮かべた。「共用のスペースだけですよ、もちろん。奥様のお部屋はプライベート・エリア《イ・クラロ》ですから」

イザベルは唇を湿した。「それで、セニョーラ・シルヴェイラは？」

「奥様は午前中にはどなたとも会われません」ヒカルドははねつけるように言うと、イザベルの姿をまじまじと見つめた。「出直してきましょうか？」

ほかに言うことはないの？　イザベルはいささか苛立《いらだ》ちを覚えた。おそらくインタビューは行われないだろうし、案内など必要ないのでは？　ゆうべこちらが部屋に下がったあとで、アレジャンドロはアニータに事情を説明したのだろうか？　これから私は彼女の前で恥をかかされることになるの？

しかしイザベルは「ええ」と答えた。急いで逃げ帰る前に、やはりもう一度アニータに会わなければ。「三十分待ってもらえるかしら？　まだ早いもの」

ヒカルドは腕時計を見やった。「では、三十分後にまた来ます。そのときまで《アテ・エンタウン》、ごきげんよう《アデウス》」

ヒカルドが立ち去り、イザベルは心底ほっとした。アレジャンドロは、いつ次の行動を起こすだろう。そう考えると、飲み干したばかりのコーヒーが胃を荒らすように感じる。叔父と叔母の懸念を汲《く》んで、こんな仕事はほかのライターに譲ればよかったのだ。

しかし、それでもきっとアレジャンドロは、別の手段を使って私をおびき出していただろう。アニータが事情を知らないのなら、それはこちらに有利に働くかもしれない。彼だって、かつて愛した女性の母親に自分の不義をばらしたくはないのでは？

いや、わからない。

アレジャンドロはとらえどころのない人間だ。何を考えているのか、次にどう出てくるか、見当もつかない。彼は変わり果て、私の知っている彼ではなくなってしまった。それは事故のせいなのかしら？　彼の落ち度でミランダが亡くなったとか？

イザベルは、叔父と叔母に電話で事の次第を話そうかと考えた。きっと叔父は同情し、叔母は帰ってこいと言うはずだ。けれど、もう少し様子を見るべきかもしれない。アレジャンドロがあくまでも自分の意を通そうとするなら、そのときは帰るしかない。

アレジャンドロは午後遅くにリオから戻ってきた。

今朝ビーチから自宅に戻ると、父が午後の重役会議を招集したとの連絡が入っていたのだ。

最近では、事実上アレジャンドロが〈カブラル・レジャー〉の経営を任されていた。父であるホベルト・カブラルは八カ月前に心臓発作を起こし、今後はのんびり過ごすよう医師から言われていた。

しかし父はその命に従わなかった。アレジャンドロが販路の新規開拓に成功しても、父は依然としてすべての重役会議に出席し、長男の立てた企画に不満があれば、自分の意見を反映させようとした。

今日、父が臨時重役会議を招集したのは、会社が中南米で経営する全ホテルに健康志向のスパを導入するというアレジャンドロの決断に、異議を申し立てるためだった。アメリカ合衆国とヨーロッパのホテルでは、すでにスパを導入済みだ。だがアレジャンドロは、すべての顧客に、より健康的なライフスタイルを提供したいと考えたのだった。

父の動議が否決されたのは言うまでもなかった。常日ごろからアレジャンドロとそりが合わない弟のジョゼでさえ、ダイエットへの関心が高まっている今、スパへの投資は必要経費だ、と賛成してくれた。とはいえアレジャンドロは、その会議のために一時ポルト・ヴェルデを離れなければならなかった。

アレジャンドロを乗せた自家用機は、モンテヴィスタの大牧場と直通の滑走路へ向かって下降しはじめた。この八時間、イザベルはどうしているかということが、ずっと心のどこかに引っかかっていた。

今朝のビーチでの会話から、イザベルと折り合いをつけるのはひと筋縄ではいかないと思い知らされた。けれど、こんなにも彼女に惹《ひ》かれるとは、再会前には思いもしなかった。

ロンドンでの出来事を忘れたわけではない。だがこの数年間、あのときイギリスの女性に惹かれたのは一時の気の迷いだ、と自分に言い聞かせてきた。それに、リオに戻ってからいろいろなことが立て続けに起こったので、きっともう二度とイザベルには会えないと思っていた。

あの事故さえ起こらなければ、イザベルとの関係を続けられただろうか？　ロンドンを去るときには、数カ月以内にまた戻ってこられるものと信じていたのだから。

しかしその二カ月後には、リオの私立病院の集中治療室で死の危険と懸命に闘っていた。顔はずたずたに裂け、肋骨《ろっこつ》は折れ、肺には穴が開き、片脚を切断せざるをえなくなる可能性もあった。誰かとの関係を追い求めている場合ではなかったのだ。

滑走路の一部がオフロード車のライトに照らされている。アレジャンドロが自家用機から降りると、友人であり厩舎《きゅうしゃ》の責任者でもあるカルロス・フェレイラが待っていた。二人は共同でポロ競技用のポニーの繁殖をしていた。多くの有名選手が欲しがるサラブレッドだ。

大牧場《エスタンシア》ははるか昔にアレジャンドロの曾《そう》祖父が設立したものだった。事故後、アレジャンドロはそこの涼しい気候の中で何週間も静養した。最近の彼にとってエスタンシアは、都会での過酷な仕事から逃れるための格好の隠れ家となっていた。実質的に会社を継承してからは、リオで過ごす時間があまりにも多い。それに、かねてから好きだった乗馬はやはりやめられなかった。

カルロスとともにポニーの繁殖業を始めて以来、牧場経営は非常にうまくいっていた。二人の付き合いは大学時代からで、互いに全幅の信頼を置いている。繁殖場の経営判断をすべて有能なカルロスに委《ゆだ》ねることができ、アレジャンドロは満足していた。

カルロスが送迎のために用意した快適なレクサスに乗りこむと、アレジャンドロはほっとした。

「そうそう、セニョーラ・シルヴェイラから少なくとも五回は電話があったぞ」カルロスはそう言いつつ、小川を迂回《うかい》するでこぼこ道へと車を進めた。「おまえはリオにいると伝えたんだが、信じていないようだったな。今晩ディナーに来てほしいそうだ。インタビューは気が進まない、ってさ」アレジャンドロが毒づくと、カルロスは同情の笑みを浮かべた。「彼女は強引だからな。おまえの言っていた若い女性は、アニータの芝居がかったふるまいにきっとうんざりするだろうね」おかしそうに笑う。「おまえの帰りは明日以降になるかもしれない、と言っておいたぞ。元気を出せよ、相棒。マリアが夕飯にトルティーリャの肉巻《エンチラーダ》を作ったんだ。おまえも来いよ」

　アレジャンドロは顔をしかめた。「ありがとう」歯を食いしばりながら、ひとり言のようにつぶやく。「もう遅いし、今夜は向こうに行けないだろうな」

「そうさ。あの坂道は暗くなってからは危険だし」カルロスが力をこめて言う。「とにかく、アニータのことは明日までほうっておいても害はない」そのとき、白いペンキで塗られた柵《さく》が前方に見えてきた。

　柵の向こうは青々とした放牧地で、馬が草を食《は》んでいる。牧場では血統書付きの牛も飼育していた。

「そうだな」アレジャンドロは相槌《あいづち》を打ち、閉まった門の近くまで来たところで車を停《と》めさせた。「僕が開けよう。少しは体を動かさないと」

　ところがレクサスから勢いよく飛び降りると、脚に鋭い痛みが走った。またもや顔をしかめながら、門を開けて車を通す。

門を閉めてまた車に乗りこみつつ、アレジャンドロは考えた。アニータがインタビューを嫌がっているということは、イザベルはまだヴィラにいるのだ。

アレジャンドロは息を吐き出した。イザベルの娘は僕の子だ、間違いない。何より、妊娠した時期が合っているのだから。イギリスを離れたとき、彼女の胎内には僕の子供が宿っていたのだ。

イザベルが妊娠したことをすぐに教えてくれていれば。会社のウェブサイトを通じて接触するなり、ジュリアに連絡方法をきくなりできたはずなのに。

確かに、あのとき僕は無責任な行動をとった。おまけに、父からの電話が事態をややこしくした。そのせいで、イザベルはこちらの話にまったく耳を貸さなくなったのだ。

そして二人は気まずい雰囲気で別れ、僕は打ちひしがれて彼女のアパートメントを出た。リオへの長いフライトの間はずっと、ほかにどうすることができただろうと思い悩んでいた。それでも、再会すればきっと彼女もこちらの話を聞いてくれる、と自分に言い聞かせた。だが、残酷な運命が二人の間を引き裂いた。

やはりイザベルは連絡をくれるべきだったのだ。僕がかかわることを彼女が望まなくとも、こちらには知る権利がある。その子はイザベルの子であると同時に、僕の子でもあるのだから。医師たちの話が信憑《しんぴょう》性の高いものだとすれば、僕が持つことのできる唯一の子供なのだから。

アカシアの並木に縁取られた長い私道の先には、母屋があった。外壁に白い漆喰《しっくい》が塗られた二階建ての家だ。屋根付きのポーチは、欄干が巡らされてバルコニーのようになっている。車のライトの中で見るだけでも、優美で立派な外観だ。敷地面積は二千平方メートルを超え、家をぐるりと取り囲むベランダは、花盛りの蔓《つる》植物に覆われている。

カルロスが煉瓦《れんが》敷きの前庭に車を停めた。だがアレジャンドロは、つかのま降りるのをためらった。

「マリアによろしく伝えてくれ。エンチラーダをごちそうになるのは、また今度にするよ」そう言ってカルロスの肩をぽんと叩《たた》き、勢いよくドアを開ける。「またおじゃまする」

カルロスはあきらめ顔でアレジャンドロの言葉を受け入れ、挨拶《あいさつ》代わりに片手を上げて帰っていった。

アレジャンドロはアニータに電話をする前にあえてシャワーを浴び、彼女にいつ連絡するかはこちらの決めることだ、という気持ちを行動で表した。

それでも浴室から出てくると、服も着ずに、電話の子機が設置されている広い寝室の奥へ直行した。

腰にタオルをさっと巻いただけの格好でダイヤルする。と、驚いたことにアニータが自ら電話に出た。

「アレックス、ダーリン！」少々腹立たしげな口ぶりだ。「今日一日、どこに行っていたのよ?」

アレジャンドロは冷たく突き放したい気持ちをぐっとこらえた。「緊急事態だったので」苛立ちを悟られないよう声を作る。「何か困ったことでも?」

アニータはその問いには答えず、不機嫌そうに言った。「緊急事態ですって? お父様の具合がまた悪くなったの?」

「父は無事です」アレジャンドロはすげなく言った。エアコンから吹き出す冷気のせいで、全身に鳥肌が立つ。それとも、これは不安の表れなのだろうか? なぜこの女は用件をはっきりと言わないんだ?

「じゃあ、いったい――」

「臨時重役会議があったんですよ」アニータが言い紛らすのをやめさせなければ。「なんの電話だったんです? 僕はてっきりミズ・ジェイムソンが……その……あなたを解放してくれないのかと」

「ああ、彼女ね」アニータはむっとしたように言った。「今日は一度も会っていないわ」

「なぜですか?」

アレジャンドロは怒鳴りたいのをなんとかこらえた。だが、アニータはこちらの声に苛立ちを感じとったらしい。

「それは……」唇を尖《とが》らせている彼女の顔が目に浮かぶ。「偏頭痛がしていたのよ。でも、あなたはゆうべあんなふうに出ていったし、そんなことはどうでもいいと思うでしょうね」

「アニータ！」

「何よ？」アニータはすねた声を出した。「今日はまったく連絡がとれなかったし、あなたに避けられているんだと思ったわ」

アレジャンドロはため息をついた。「なぜ僕があなたを避けるんです？」

「こっちがききたいわよ」

アレジャンドロは腿の上で拳《こぶし》を固めた。「何が言いたいんですか？」

「いいかげんにして！」アニータはふんと鼻を鳴らした。「私はそこまで愚かじゃないのよ、アレックス。ミズ・ジェイムソンがあなたに会ったときの、あの反応をちゃんと見たわ。彼女はあなたに会うとは思いもしなかったようね。でも、あなたは驚いていなかったでしょう？　彼女が来るとわかっていたんだわ」声をあげて非難する。「だから、私を説得してインタビューを受けさせたのね」

アレジャンドロは口から出そうになった罵《のの》りの言葉を噛《か》み殺し、冷静に答えた。「インタビューを手配したのは、あなたのエージェントでしょう」

アニータはせせら笑った。「厳密に言えばね」

「だったら、僕を責めるのはお門違いだ」アレジャンドロは切り捨てるように言った。

「あなたは言っていたじゃないですか、自分の著書について語るだけでなく、ミランダにまつわる悪い噂《うわさ》を鎮めるチャンスが得られればうれしい、と」

「ずいぶん冷たい言い方ね」アニータは舌打ちした。「ミランダが妻だったことを忘れたの？」

「忘れられるはずがない」アレジャンドロは苦々しげに言った。「しかし、僕たちの結婚が茶番だったことは、あなたも知っているはずだ！」

「そんなことを言わないで！」アニータは鋭く息をのんだ。「ミランダはあなたを愛していたのよ」

「ミランダが愛していたのは彼女自身だ」アレジャンドロはにべもなく言い返した。「本当のことを言ったって、もうミランダは傷つきやしませんよ」

「ミランダのことは話したくないわ」アニータはまたも鼻を鳴らした。「噂話なんてほうっておけばいいのよ。私は気にしないわ」

いや、気にしているはずだ。しかし、アレジャンドロはそれを指摘するほど残酷ではなかった。こと前妻に関しては、これまでもたびたび、自分の中の悪魔と闘わざるをえない局面にぶちあたってきた。

「それはともかく」アニータは続けた。「どうしてアントンはあの出版社を選んだのかしら？」

アレジャンドロは直接答えるのを避けた。「あなたは、駆けだしのころにサム・アームストロングと知り合いだった、と言っていましたよね」

「確かにそうね」アニータはそう言ったが、また責め口調に戻った。「だけど、あのジェイムソンとかいう女性があなたを知っていることに変わりはないわ。アントンに『ライフスタイル』誌と接触するよう勧めたのは、あなたよね？　本当のことを言ったほうがいいわよ。どのみちばれるんだから」

「わかりました」アレジャンドロは息を吐き出した。「彼女とは何年も前にロンドンで出会ったんです。感じのいい人だったし、聞くところによると、仕事の腕も立つそうじゃありませんか。だったら、彼女に頼まない手はないでしょう？」

アニータはしばらく黙っていたが、やがて物柔らかな口調で尋ねた。「で、彼女とはベッドをともにしたの？」

アレジャンドロは荒っぽい笑い声をあげた。「おやすみ」突き放すように言い、受話器を置いた。

8

イザベルはゆうべもまたろくに眠れなかった。今朝も六時過ぎに起き、ベランダの外で揺れている椰子《やし》の木のおぼろげなシルエットを見つめていた。

やがて地平線が朝いちばんの光に染まりはじめた。朝日が昇り、淡いピンクの空がみるみる薄黄色に変わっていく。

イザベルはすっかり当惑していた。

きのうは一日じゅうアニータからの呼び出しを待っていたが、結局なんの連絡も来なかった。

アニータだけでなく、アレジャンドロのいる気配もまったくなかった。アニータはインタビューを受ける気がなくなったのかしら。それとも、こちらに時差ぼけを克服する時間を与えてくれたのだろうか。

アレジャンドロのほうは……。

イザベルはため息をついた。

アニータがそんなふうに気を遣ってくれるとは、とても思えない。ならば、アレジャンドロが義母に真実を明かしたのだろうか？　それで彼女がインタビューを取りやめにしたとか？　いつになったら、何がどうなっているのか教えてもらえるのかしら？

きのうは、時の流れがひどくゆっくりと感じられた。ノート型パソコンを持参していたので、以前書いた記事の原稿を修正することはできたが、心ここにあらずという状態だった。荷物をまとめて帰ろうかと考えはしたものの、それはプライドが許さなかった。ここには仕事をするために来たのだ。叶《かな》うものなら、その使命を全うしなければならない。

シャワーを浴び、メイドが朝食を運んできてくれるころには、気分も多少はよくなっていた。楽観的にはなれないが、行く手に何があろうと立ち向かう覚悟はできた。そろそろこちらからなんらかの動きを見せなければ。アニータがエマのことを知らなければ、インタビューを拒否される理由もないだろう。

アニータの起床時間が遅いことは、ヒカルドから聞いていた。イザベルは十一時を過ぎてから、飾りボタン付きの黒いカプリパンツをはき、黒の肌着の上から薄織りのスモックを着こんで、ウエッジソールのサンダルを履いた。そしてレコーダーとノート型パソコンの入ったブリーフケースを持つと、ベランダ沿いに歩いていき、別荘《ヴィラ》の客間に入った。

メイド二人がモザイク・タイルの床を磨いている。イザベルがアニータの居場所をきこうとしたそのとき、奥にあるアーチ型の戸口に男性が姿を現した。

長身で黒髪、広い肩に引きしまった腰という逆三角形の体。逆光を浴びて顔に影がかかってはいるが、それが誰なのかはひと目でわかった。

アレジャンドロだ。

つかのま、イザベルは脚に力が入らなくなった。きのうどんなふうに別れたかは忘れもしない。だが、気圧《けお》されまいという決意を思い出し、こわばった足どりで彼に歩み寄った。

「セニョール」メイドの手前、敬称で呼びかける。「こんなところで会うとは思わなかったわ」

「そうだろうね」アレジャンドロはイザベルに合わせて乾いた口調で言うと、大理石の柱に肩をもたせかけて尋ねた。「ご機嫌はいかがかな、今朝は？」

イザベルは思わず咳払《せきばら》いをしてから答えた。「と、とてもいいわよ。ありがとう」そして、彼と一メートルほど離れたところで足を止めた。

「早くインタビューを始めたいの。セニョーラ・シルヴェイラが起きているかどうか、知ってる？」

なんとでも解釈のできる質問だった。アレジャンドロは唇の端を片方つり上げ、皮肉っぽい表情を浮かべた。「知るわけないだろう。僕は義母のお守りじゃない。だが、きのう彼女がインタビューを受けなかった理由はわかる。体調不良だ」

イザベルはアレジャンドロの言葉に集中しようとしたが、なかなかできなかった。彼との距離があまりにも近すぎる。先ほどまで影がかかっていた頬の傷跡は今やはっきりと見えているが、それでも男性として意識してしまった。その匂《にお》い立つような男の色気に圧倒され、気のないそぶりをしようというイザベルの努力は水泡に帰した。

けれど一瞬ののち、やっとのことで尋ねた。「体調不良？」彼がうなずく。

「頭が痛かったそうだ」アレジャンドロは愛想なく言った。「アニータの頭痛は有名さ。都合のいいときに痛くなる」

アレジャンドロは、今朝はぴったりとした黒いシャツを着ていた。ところどころ汗染みができているが、暑い屋外で体を動かしてきたのだろうか。長くてたくましい脚にはいているのも、やはりぴったりとした黒いズボンで、裾《すそ》はくるぶし丈のスエードのブーツにたくしこんでいる。

「で、今朝は会える程度にまで回復しているのかしら？」次の瞬間イザベルは、彼がそっけなく肩をすくめる気配を、見なくても感じとった。

「きのうの晩にはすっかり良くなっていたようだ」アレジャンドロは慎重な口ぶりで答えた。「だが、会いに行くのは昼まで待ったほうがいいだろう」

イザベルは思いきって彼に目を向けた。「あなた、ゆうべはここにいたの？」

「いや。アニータとは電話で話しただけだ」アレジャンドロはしばし沈黙したあと、低い声で言い添えた。「ずっと君を待っていたんだ、いとしい人《カーラ》。いずれ姿を見せるだろうと思っていたよ」

イザベルはため息をついた。「きのうの朝で話はすんだと思うけど」そう決めつけ、周囲に視線を走らせる。「どこでインタビューをする予定なのか、教えてもらえないかしら？」

柱にもたれていたアレジャンドロが、姿勢を正した。「インタビューには意味がないんだ、わかっているだろう」その穏やかな声を聞いたイザベルは、初めて彼の姿を見たときと同じようにどぎまぎした。アレジャンドロが口ごもる。慎重に言葉を選んでいるにちがいない。「だが、ぜひとも時間を割いて考えてほしい。二人で話し合おうじゃないか」そう言って眉を上げ、冷笑する。「君はかつて僕に好意を持っていたはずだ。確かに僕は変わったが」悲しげに頬の傷を撫《な》でる。「それでも、僕は良識ある人間だ。そのことは、君にもわかってもらえると思う」

イザベルは無意識のうちに一歩下がった。「私はあなたと過ごすためにここに来たんじゃないわ」反論しながら、近くで鏡板を磨きはじめたメイドたちが英語を理解できないことを祈った。

「わかっている」アレジャンドロは苦々しげに唇を歪《ゆが》めた。「でも、僕を怖がることはない。見かけは鬼のように恐ろしいかもしれないが、それでも僕は人間なんだ、悲しいくらいにね」

イザベルは目を大きく見開いた。彼は、こちらがうろたえている理由を勘違いしているのだ。「あなたは誤解しているわ」彼にさっと目を向けたが、すぐにそらす。「私はただインタビューを――」

「君の言いたいことは百も承知さ、イ、ザ、ベ、ラ」アレジャンドロが冷めた口調で切り返す。「それに、君がここに呼ばれた理由もわかっている。だが、この状況で君に少しばかり理解を求めることは、けっして理不尽とはいえないだろう？」

イザベルは膝を震わせながらも、平静を保とうとした。「つ、つまり、インタビューは中止ということ？　だって、もしそうだとしたら――」

「話を聞くんだ！」彼が頬の筋肉を引きつらせて激高する。「今はインタビューの話をしているんじゃない。僕は二人の娘の件についてきちんと話し合いたいんだ。今朝、君を僕の大牧場《エスタンシア》に案内しようと思っていたんだが――」

イザベルはその言葉が気にかかり、思わずきき返した。「エスタンシア？」

「ああ《シン》」アレジャンドロは、今回は彼女が口答えしなかったことに気づいた。「僕の所有する牧場さ。〈カブラル・レジャー〉での仕事のほかに、ポロ用のポニーの繁殖業をやっているんだ」

「ポロ用のポニー？」

アレジャンドロは結んだ唇の端におどけたような笑みを浮かべた。「シン。といっても、大変な仕事はすべて責任者がやってくれている。僕は報酬の分け前をもらっているだけさ。あそこは僕が都会の喧騒《けんそう》から逃れるための場所だ。君もきっと気に入るよ。だが、ここから数キロ離れたところにあるし、きのうはアニータの具合が悪くて……」

その言葉を聞き、イザベルは現実に引き戻された。どうやらエスタンシアとポロ用のポニーの話につられ、思考が別の方向にそれていたようだ。イザベルは何不自由なく育ってきたが、アレジャンドロが当然と考えるようなレベルの裕福さとは無縁だった。おそらく彼は、エスタンシアやら何やらをちらつかせれば、こちらがなびくと思っているのだろう。

けれど、それは彼の思い違いだ。

「あなたの奥様もそのエスタンシアで過ごすのが好きだったのかしら、セニョール？」イザベルは穏やかなやりとりの最中にわざとミランダの話を持ち出した。「きっとそうだったんでしょうね。ブラジルに帰国してすぐに結婚したの？」

アレジャンドロの目つきが険しくなった。「なぜそんなことをきく？　事故がいつ起きたかを探ろうとしているんだろう？」唇の端をつり上げてつめ寄る。「そうか、事故が先に起きていたらミランダは僕なんかと結婚しなかったはずだ、と思っているんだな。それに、僕との結婚を後悔していたことが、一緒になって一年もたたないうちにヘロインの過剰服用で死んだ理由だ、と」

「違うわ！」彼の心の奥に潜んでいた感情をはからずも掘り起こしてしまったイザベルは、

その激しさにおののいた。彼の妻が亡くなった原因など知りもしなかった。「そんなつもりはなかったの」

「でも、僕の姿を不気味だと思っていることは否定しないんだな」アレジャンドロはいまいましげに言った。「だが、どう思われようとかまわないさ。君が僕の行く手を阻もうとしないかぎりね」

イザベルは唇を湿した。「行く手って？」

「わかっているだろう」アレジャンドロは重々しい声で言った。「僕は娘に会いたい。そして、今後はその子とともに生きていきたいんだ」

イザベルは胃がよじれるような感覚に襲われた。アレジャンドロと再会して彼の本性を知ったときからずっと、この瞬間が来ることを恐れていたのだ。彼はいかなる場合にも我を通す人間だ。富と権力があれば、なんでも思いどおりになると考えている。

イザベルは一縷《いちる》の望みをこめて訴えた。「言ったでしょう……エマはあなたの娘じゃない、って」

「いや、僕にはわかる」アレジャンドロは動じなかった。「証拠もあるんだ」そこで反論しようとしたイザベルに向かって、間髪を入れずに言い放った。「黙れ！」そして彼女の肩をつかみ、自分のほうを向かせた。

イザベルは藁《わら》にもすがる思いで後ろを見たが、メイドたちはいつのまにか姿を消していた。

「君とは大人の話し合いができると思っていたよ」アレジャンドロは指をイザベルの肩に食いこませたまま続けた。「だが、そうはいかなさそうだな。まあ、かまわないさ。僕は忍耐強いんだ」

イザベルが顔をしかめる。つかまれたところが痛むのだろうか、とアレジャンドロは思った。彼女に痛みを与えてやりたかったのは事実だ。怒りともどかしさがせめぎ合う。こんな大きな問題を抱えているときに、落ち着いてなどいられない。

いっぽうイザベルは、アレジャンドロの言葉に愕然《がくぜん》としていた。いったいどんな証拠をつかんでいるというのだろう？　こんなアレジャンドロを見たのは初めてだ。いくら否定しても、彼をごまかすことはできなさそうな気がする。

アレジャンドロの浅黒い顔を見上げるなり、イザベルは後悔した。きらめく琥珀《こはく》色の瞳に釘《くぎ》づけにされ、視線をそらすこともできなくなって、おのずと唇が開いた。乾いた唇を湿そうとピンクの舌先をのぞかせたその顔が、やや隙《すき》のある表情になった。

イザベルに挑発するつもりがないことは、アレジャンドロにもわかっていた。しかし胸の内には、先ほどわき起こった感情とはまた別の、とうていコントロールできない強烈な何かが芽生えつつあった。

アレジャンドロは前日の朝と同じように、かつて彼女を腕に抱いたときの感触を思い出して理性を失った。信じがたいことに、今もまだ狂おしいほどイザベルが欲しかった。欲望に目がくらみ、何も見えなくなりそうだ。

イザベルは抵抗する隙も与えられずに、ぐいと体を引き寄せられた。油断していたところでふいを突かれ、はっと息をのむ。アレジャンドロの胸に倒れかかった彼女は、ブリーフケースを手から放し、自分の身を守ろうとした。

だが、結局はアレジャンドロのシャツをつかむはめになった。すかさず彼の顔が下りてきて、唇を奪われる。イザベルは、きのうから剃《そ》っていない彼の顎髭《ひげ》にさえ男性特有の色気を感じた。うなじに手をあてがわれたとたん、背筋に甘美な震えが走る。

イザベルはアレジャンドロにしなだれかかった。頭がぼうっとして、もうこれ以上拒めない。熱を帯びた彼のキスに、誰にも渡すまいと体をつかむその手に、すっきりとした男らしい香りにいざなわれ、彼女はひたすら感情に身を任せた。

アレジャンドロが声をかすらせ、自国の言葉でささやきかけてくる。ポルトガル語はわからないが、言いたいことははっきりと伝わってきた。イザベルはいっそう強い非現実感にとらわれ、心を揺さぶられて、喜びのうめき声をもらした。

彼の手が肌着の下から滑りこんできて、温かな背中を撫でさする。腰の上のくぼみを指先でなぞられて体を弓なりに反らすと、みぞおちに当たる欲望のあかしの脈動がはっきりと感じられた。

アレジャンドロもそれを自覚していた。ズボンの前が張りつめ、脚の付け根にまぎれもなく熱いものがたぎるのを感じる。そして、そんな反応を示す自分の体に、どうしようもなく苛立《いらだ》ちを覚えた。

だが、腰に当たる彼女の柔らかなヒップはえもいわれぬ感触で、アレジャンドロの欲望をかき立てた。うずく興奮のあかしをイザベルの中に沈めたくてたまらない。かつて彼女の体にきつく包まれ、締めつけられたことや、そのときの満足感を思い出す。あんな感覚は初めてだった。まるであらゆる感覚が、意志の力が、弾《はじ》け飛んでしまうような……。

でも、だめだ！

アレジャンドロが堅い決意を貫きとおして顔を上げると、イザベルは目を閉じていた。彼もしばし目を閉じ、欲望をそそる誘惑に耐えた。

イザベルの唇はふっくらとしていた。頬には、伸びかけた顎髭のせいでついた擦り傷ができている。アレジャンドロは彼女を放す前に、その傷を親指でいとおしげに撫でずにはいられなかった。自分でもほとほといやになるが、本当はその先に進みたい。しかし、今この状況では難しかった。それに、イザベルに彼女のほうが上手《うわて》だとは思わせたくなかった。

アレジャンドロはイザベルと少し体を離し、脚の付け根の高まりを抑えようとした。欲望をかき立てられても、自制心を保たなければ。

だが、脚の古傷のおかげで気がそれた――本来ならありがたいものではないのだが。立ったままでいるのはよくない。突如として鋭い痛みが腿を突き抜けた。アレジャンドロは歯を食いしばった。

しかしその痛みは、自分のこれまでの人生が予想外の方向に進んできたことを、彼に思い出させた。今でもイザベルに惹《ひ》かれているなんて、彼女に思われたくはない。向こうが僕を挑発しているだけだ、ときとしてこちらが我を忘れてしまうほどに。

だがイザベルは、アレジャンドロのそんな胸の内など知るよしもなかった。目を開けると、そこに飛びこんできたのは、いかにも蔑《さげす》むような表情でこちらを見つめる彼の姿だった。ふと自分の愚かさに気づき、顔がかっと熱くなった。

エマのことで強硬姿勢をとられ、動揺して理性を失ってしまったんだわ。イザベルはそう考えて自分を慰めた。けれど、キスをされている間に、彼のことも彼の意向も受け入れまいという決意がどこかへ消えてしまっていたことは否めない。

「大丈夫か?」

その冷淡な声にいっそうはっきりと目が覚めたイザベルは、落ち着きを取り戻そうと深呼吸した。屈《かが》んでブリーフケースを拾い上げ、ぶっきらぼうに言う。「たぶんね、ここを出れば」そして、いちばん言っておきたいことを口にした。「それから、私があなたの嘘《うそ》を真に受けるとは思わないでちょうだい。自分の財力をちらつかせれば、私がひれ伏して言いなりになるだろうと思っているなら、大間違いよ」イザベルは肩をいからせた。「さあ、これで解放してもらえるかしら?」

「明日」アレジャンドロは彼女の言葉が耳に入らなかったかのように切り出した。「モンテヴィスタに行こう。八時に迎えに行くよ」

イザベルは目をしばたたいた。「モンテヴィスタ? それはいったい……」そこで口をつぐんだ。思わず興味を示してしまった自分に腹が立つ。「どこだか知らないけど、私は行かないわよ」

「モンテヴィスタというのは、僕のエスタンシアだ」アレジャンドロは癪《しゃく》にさわるほど落ち着き払っていた。「さっき話しただろう。君もきっと気に入るよ。とてもきれいなところだ。都会とはかけ離れた田園地帯さ」いったん言葉を切る。「頼むから期待を裏切らないでくれよ、イザベラ。僕に逆らうのは賢明とは言えないぞ」

「それは脅しかしら?」

イザベルは喧嘩《けんか》腰の口調で言おうとしたが、声が震えているのが自分でもわかった。

「忠告さ、カーラ。それじゃ、八時に」

「いやだと言ったら?」イザベルはわざと彼と目を合わせた。「無理やり連れていくの?」

アレジャンドロの目つきが険しくなった。「子供っぽいことを言うんじゃない」怒気を含んだ声だ。「わかっているよ、醜い姿の僕をすんなりと受け入れられないんだろう。だが、きっと慣れるさ」

「わかってないわね」イザベルは途方に暮れてアレジャンドロを見つめた。「あなたの外見は関係ないの」彼はまだ信じていない様子だ。「あなたが、エマは自分の娘だと証明できるなんて嘘をつい――」

「証明できるさ」

「できないわ」

「できる」

「そこで何をしているの？」

傲然《ごうぜん》たる声が響いた。イザベルはほっとすると同時に暗い気分になった。ため息をついて振り返ると、アニータが歩いてくるのが見えた。ネグリジェの上にシフォンのショールをはおり、その紐《ひも》をなびかせている。そんなあられもない格好でも優雅に見えるのは、彼女ぐらいなものだろう。

「アレックス！」アニータは声をあげるとイザベルに一瞥《いちべつ》をくれ、それからアレジャンドロに視線を戻した。「どうしてここに？　来ているとは知らなかったわ。さあ、一緒にブランチでもしましょう」

「空腹ではないので」アレジャンドロはひややかに言った。義母が現れても、動揺している様子はない。「ちょうど帰ろうとしていたところなんです」

アニータは眉根を寄せた。「でも、ミズ・ジェイムソンとは話していたじゃないの!」

「あなたがいなかったので」アレジャンドロは平然と嘘をついた。「彼女にエスタンシアの話を聞かせていただけです」そしてまたイザベルに顔を向けた。「さよなら、ミズ・ジェイムソン。話せてよかった。アデウス、アニータ。話はまた明日にでも」

「待って!」アニータは苛立ちをあらわにしながらイザベルのほうを向いた。「あなたは行っていいわ、ミズ・ジェイムソン。インタビューの準備ができたら、人を迎えにやりますから」

「ですが――」

イザベルは口を開いたが、アレジャンドロの渋面をひと目見るなり言葉をのみこんだ。

「わかりました」引きつった声で答える。無力な自分が情けない。今度こそサム叔父さんに電話をしよう。こんな忍耐を強いられてまでインタビューを行うことはない。

9

自分の部屋に戻ってからの三十分間、イザベルは今後どうするべきかを決めかね、居間の中を行ったり来たりしていた。

先ほどは頭に血が上り、叔父に電話して帰るのがいちばんだと思えたのだが、はたしてそうだろうか。何より気がかりなのはアレジャンドロのことだ。

エマが自分の娘であると証明できる、という彼の言葉が嘘《うそ》だとはっきりわかればいいのに。でも、嘘じゃなかったらどうしよう？

そもそも、アレジャンドロはどうやってエマのことを知ったのかしら。言い争いなどしていないで、プロのジャーナリストらしく尋ねるべきだった。

最初の晩に別荘《ヴィラ》でアレジャンドロと再会したときは、また顔を合わせてしまうのではないかということだけを心配していればよかった。けれど今は、ともすればもっと大きなものを失いかねない状況だ。

ドアをノックする音が聞こえてきて、イザベルは身を硬くした。アレジャンドロではないかと思っただけで不安になる自分に腹が立つ。

だが、ドアを開けてそれがヒカルドだとわかると、ひと安心した。ということは、私はまだ用済みではないのだろうか？　それとも、アニータが先ほど客間でその逆鱗《げきりん》に触れるようなものを目撃し、インタビューを取りやめることにしたの？

「一緒にいらしてください。奥様《セニョーラ》の準備が整いました」

イザベルは喉をごくりとさせた。「本当に？」

「すぐにインタビューを始めたいそうです。さあ、セニョーラのお部屋までご案内しましょう」

二人は今度は階段を上り、客間を見下ろせる踊り場に出た。そこから続く回廊には、ブロンズの壺《つぼ》や大理石の彫像がこれみよがしに飾られていた。

その突きあたりにある両開きのドアが、目的の部屋だった。ヒカルドは一度ノックし、中からの反応を確認すると、大仰なしぐさでドアを開けた。

「ミズ・ジェイムソンをお連れしました、セニョーラ」まるで女王に対するような口調で言い、手振りでイザベルを導く。「前へどうぞ《パ・エイン・フレンティ》」

イザベルはそろそろと中に入った。予想していた部屋とは様子が違う。クッションのきいたソファや椅子が、広い居間のあちこちに置かれていた。

ひときわ目を引くのは、凝った飾りを施した石造りの暖炉だ。いかめしい顔の肖像画や堅い雰囲気の骨董品《こっとう》も、そこらじゅうに飾られている。

　窓辺の奥まったスペースにある長椅子に座っていたアニータが、立ち上がってイザベルを迎えた。先ほどと同じ、透け透けのネグリジェ姿のままだ。

「ミズ・ジェイムソン」アニータはとらえどころのない表情で言った。「座ってちょうだい。ヒカルド、サンシャにコーヒーを用意させて」

「かしこまりました、セニョーラ」

　ヒカルドが下がると、イザベルはそわそわと室内を見まわしながら尋ねた。「どちらに座ればよろしいでしょう?」手のひらが汗ばんでくる。

　アニータに長いことじっと見つめられ、イザベルはどぎまぎした。やがてアニータは右手にある椅子を指し示して言った。「ここに」唇を結んで笑みを浮かべ、イザベルが大事そうに抱えているブリーフケースを顎で指した。「今日はそんなものは必要ないわ。まずはお互いを知り合わなくちゃ、ね?」

　イザベルはためらった。「えっ、でも……」

「異存があるの?」

　アニータが横柄に眉をつり上げる。ここに来た目的を果たすには、従うしかない。「いえ、そんな」イザベルはブリーフケースを置き、言われたとおり腰を下ろした。「ただ、私はつまらない者ですし、そちらのお話を聞くほうがいいと思いまして」

アニータはまた長椅子に座ると、脚を前に伸ばし、こちらをじっと見つめた。イザベルはいたたまれなくなった。「義理の息子から聞いたわ。あなたたち、何年か前にロンドンで知り合ったんですってね」

威圧的な切り出し方に、イザベルは面食らった。いったいアレジャンドロは何を話したのだろう？　とりあえず小声で〝はい〟と答え、窓辺で羽音をたてている大きな蜂《はち》に神経を集中させながら言った。「この部屋は眺めがいいですね」

「どうしてアレックスを紹介したときに、そう言わなかったの？」アニータは話題を変えようとはしなかった。

「あの、それは」イザベルはそこで言いわけを思いついた。「セニョール・カブラルと知り合いだからここに来たのだとは思われたくなかったので」

「そうじゃないの？」アニータは眉をつり上げた。

「とんでもありません」少なくともその点については本当だ。イザベルは咳払《せきばら》いをして続けた。「彼とここで会うとは思いもしませんでした」

「ふうん」

アニータは言われたことを理解しようとしているようだ。しかしイザベルは、これでこの話が終わりになるとはけっして思わなかった。

「じゃあ、出会ったのは仕事の会合で？」ややあってからアニータは尋ねた。「〈カブラル・レジャー〉が叔父様の雑誌に広告の掲載を頼んだのね？」

そうですと言いたいのはやまやまだが、これは罠《わな》かもしれない。イザベルはできるだけ正直に答えることにした。「いいえ、誕生パーティです」大したことではない、という口ぶりで言う。「広告会社に勤めている友人が、義理の息子さんを誘いまして」

「で、それはいつの話？」

「ええと……」なんと答えればいいだろう？「二、三年前です。正確な日付は覚えていませんが」

実際は、日付ばかりか時刻まで正確に覚えていた。

「それ以来、彼には会っていなかったの？」

「彼が帰国してからは会っていませんでした」

アニータはしばらく黙りこんだ。イザベルは説明を求められるのではないかとはらはらした。

だがアニータは、今日のところはアレジャンドロについての質問は切り上げることにしたのか、両腕を上げて大きく伸びをした。

そしてコーヒーが運ばれてくると、今度は叔父と叔母について尋ねてきた。イザベルは、そのうちまたアレジャンドロの話になるだろうとにらんでいた。

ところが予想は外れた。アニータは続いてイザベルの仕事の内容や職歴について尋ね、少なくとも関心を寄せているそぶりをみせた。

しかし、コーヒーを飲み終えるころには、飽きているのが見てとれた。「疲れてしまったわ」アニータは言った。「続きは明日の午後にしましょうよ。ひとりで部屋まで帰れるわよね」

たぶんイザベルは拒否するだろう、とアレジャンドロは思っていた。

翌朝ヴィラ・ミモザに着いたときには、必要とあらば、彼女を無理やり引っ張っていく覚悟でいた。この日をずっと心待ちにしていたのだから。

けれど蓋《ふた》を開けてみれば、イザベルはヴィラ正面のベランダでこちらを待っていた。まだかなり早い時間だが、きちんとした服装をしている。オリーブ色のシンプルなVネックのTシャツに、カーキ色のショートパンツ。太めの三つ編みが肩にゆったりとかかっている。アクセサリーもつけず、化粧もごく薄いが、それでも色香の漂う姿だ。

アレジャンドロは、ベランダに続いている浅い石段の下にレクサスを止めた。すると、ドアを開けて降りる間もなく、イザベルが駆け下りてきた。

彼女は反対側のドアを開けながら言った。「降りなくていいわよ。自分で乗れるから」

そして隣のシートにさっと乗りこんできた。「オーケーよ」

アレジャンドロは怪訝《けげん》そうにイザベルを見つめた。「悪いけど、君がそんなに僕と過ごしたがってくれているとは思わなかったよ」

「そうじゃないわ」イザベルはすげなく言い返した。とはいえ、彼のそばにいるせいで脈が速まっている。「でも、あなたは歩くのが大変そうだし……」

アレジャンドロは顎をこわばらせたあと、皮肉っぽく笑った。「勘弁してくれ。憐《あわ》れみなどいらない。車の乗り降りぐらいちゃんとできるさ」

イザベルはうんざりした目を彼に向けた。この人はわかっていない。憐れなのは私のほうだ。

アレジャンドロは気づかないのだろうか？　その頬《ほお》の傷跡が、野性味あふれる魅力となっていることに。私がどれだけ自分を戒めても、そのたまらないセクシーさに惹《ひ》きつけられてしまうことに。アレジャンドロは、かつてよりはるかに危険な存在となっている。なにしろ彼は、エマの父親なのだ。

「脚が不自由そうだもの」車のギアを入れる彼に向かって、イザベルは言った。「私はそれが心配《ヘアウメンティ》だっただけよ」

「本当に？」

「ええ、本当よ」イザベルは断言した。

「本音を言えばいいのに」アレジャンドロが乾いた口調でつぶやき、隣に目をやると、イザベルはふくよかな唇を苛立《いらだ》たしげに結んでいた。

しかしアレジャンドロは、イザベルと過ごすこの時間を口論に費やしたくなかった。彼女に敵意をいだかせたくもなかったが、もう手遅れだろうか。それよりも、娘のことのほうがずっと大事だ。ああ、イザベルには本当に頭にくる。彼女のせいで、娘が生まれてから今までの二年間を、ともに過ごすことができなかったのだから。

エマ……。

二人を乗せた車は、小さな町ポルト・ヴェルデを走っていった。イザベルはこちらに来てからというもの、ビーチ以外の場所に出ていなかったため、興味津々で周囲を見まわした。

色褪《あ》せた家が立ち並び、そのタイル屋根が朝日を浴びてかすかに湯気を立てている。あちこちに渡されたロープには、もう洗濯物が干してある。あたりをうろつく犬や、二人の車を目で追う子供たち。

海岸沿いの道から、内陸部へ向かう急な上り坂に入ると、人の住んでいる気配がまるきりなくなった。目に映るのは、咲き誇るハイビスカスや、そよ風にゆらりとそよぐ丈の長い草ばかりだ。

自然のままだが、美しいところだった。まるで隣にいる男性のようだ、とイザベルはぼんやりと考えた。けれど、アレジャンドロについてきて本当によかったのかどうかは、まだわからない。だけど、ほかに選択肢があるだろうか？　自分とエマのことを彼がどれだけ知っているのか、突き止めなければ。

外の熱気による圧迫感を覚え、イザベルは息を吐き出した。それとも、車内に漂う緊張感のせいで体温が上がっているのだろうか。

「とてもきれいなところね」イザベルはようやく口を開いた。今は言い争いの種になりそうな質問はせずにおこう。「どのくらいかかるの？　その……」

アレジャンドロはそっけなく答えた。「モンテヴィスタだ。スペイン語なんだが、意味は――」

「山からの眺め、でしょう。私だって簡単なスペイン語ぐらい知っているわよ、アレジャンドロ」

「そうか」

アレジャンドロははっとし、ハンドルを握る手に力をこめた。今、思い出した。イザベルに名前を呼ばれると、実にいい響きに聞こえること、そして、きのうの出来事のせいで、彼女をここに連れてきた目的をつい忘れそうになるということも。

とはいえ、ゆうべは自分の愚かさを呪《のろ》って悶々《もんもん》と過ごした。あんなふうに強引にキスをするなんて！　まったく、僕《ポル・アモル・ジ・デウス》はいったいどうするつもりだったのだろう？

彼女と体を重ねようとしていたのだ。アレジャンドロは苦々しい思いでそう認めた。あのときは、ほかに何も考えられなかった。それに、年月が流れても、イザベルのことは何ひとつ忘れられずにいた。だからこそ、今日彼女をエスタンシアに連れていったらどうなるかわからない、と危惧《きぐ》しているのだ。

車はようやく高原のような場所に出た。

空気がとても澄んでいる。地平線上の青いラインは海だ。反対の方角にある山々は、霧に包まれて紫色に煙《けぶ》り、神秘的に見える。手前の広大な草地には陽炎《かげろう》が立っていて、ところどころに松やアカシアの木立もみられた。

木々の下には、牛の群れが日陰を求めて集まっていた。尖《とが》った長い角を持つ、やや怖そうな牛たちだ。

あれこれに目を奪われていたイザベルは、ロゴマークの入った種馬飼育場の門柱をあやうく見逃しそうになった。白い柵《さく》に縁取られた道は、一キロほど先の建物群へ向かって上り坂になっている。

そこにもまた多くの牛がいた。イザベルはいぶかしげにアレジャンドロを見た。「ここは馬の飼育場だと思っていたけど、牛も育てているの？」

「僕らは満足いくまでやる主義なんだ。責任者のカルロスはプレシオズを、いや、貴重な放牧地を少しでも無駄にするのは犯罪だと考えている」

車は小さな集落のようなところへと近づいていった。イザベルは意に反し、アレジャンドロの家が見えてくるのをいつしか楽しみにしていた。

離れ家がいくつも立ってはいるが、母屋はひと目でわかった。二階建てで、家の裏手までまわりこむようなベランダがあり、深緑色の雨戸はすべて上げられている。外壁は時計草の蔓《つる》に覆われ、日陰になっている一階のバルコニーには、美しい花の植わった無数の桶《おけ》が置かれていた。

イザベルが知らず知らずのうちにつめていた息を吐き出すと、アレジャンドロはこちらを一瞥《いちべつ》して尋ねた。「何か不満なことでも?」

「不満?」イザベルは首を振った。「そんなことないわ。その……すてきなお宅ね。なんていうか、私が想像していたのは、もう少し……」

「みすぼらしい家だと思っていたのか?」アレジャンドロは乾いた口調で言い、砂利敷きの前庭に車を止めた。イザベルは唇を噛《か》みしめた。

「もう少し田舎風の家かと思っていたのよ」イザベルは彼の言葉を正した。何も考えずにドアを開けると、空気が予想外に薄く、イザベルはあえいだ。

「気をつけろよ」アレジャンドロが車から降りながら、そっけなく言う。「ここは海抜何百メートルもあるんだ。それでもまだかなり暑いが」

「本当ね」イザベルはつぶやき、ほてった顔を風にさらした。乾いた唇を舌で湿し、額に張りついた巻き毛をかき上げる。「この暑さには慣れるものなの?」

「時間がたてばね」気温は三十度を超えているはずだが、アレジャンドロは平然としている。「おいで。中で軽食をとろう」

二人きりになりたくはないが、イザベルは車の前をまわって彼のそばに行った。そのとき、彼よりもやや年上に見える男性が家の裏手から現れた。

「よう」男性はこちらにやってくると、笑顔でアレジャンドロに挨拶《あいさつ》をした。「何をやっ《オ・キ・ボセ・エス》てるんだ？《タ・ファゼンドウ》」そしてイザベルに目を向けた。「この人は？《ケイン・イストウ・エ》」

「英語で話してくれ《イングレス・ポル・ファボール》、カルロス」アレジャンドロは顔をしかめた。「こちらはミズ・ジェイムソン。前に話した女性だよ」

「ああ、メエズ・ジェイムソンか」

カルロスの訛《なまり》は強いものの、その笑顔はアレジャンドロのよりもはるかに親しみやすいものだった。彼が手を差し出してきた。「カルロス・フェレイラです、セニョリータ。お会いできてうれしいです」

「イザベルです」イザベルはすかさず名乗り、握手をした。アレジャンドロと二人きりにならずにすむとわかり、ほっと胸を撫《な》で下ろす。「この繁殖場をひとりで切りまわしているそうですね」

カルロスは黒い口髭《ひげ》の下から白い歯をのぞかせて笑った。「こいつがそんなことを言うなんて、信じられないな」アレジャンドロの肩を叩《たた》く。「でも、厩舎《きゅうしゃ》巡りをお望みなら、喜んで案内しますよ」

イザベルはアレジャンドロの胸の内をはかりかね、肩をすくめて答えた。「ぜひお願いしたいわ」

「今すぐじゃなくてもいいだろう?」アレジャンドロの抑えた声には、命令的な威圧感があった。彼はその響きを和らげようとするかのように、カルロスにほほ笑みかけた。「ミズ……イザベラは暑さにやられて喉も渇いているんだ。コンスエラに冷たくて甘い飲み物を用意させるよ」

イザベルは抗議しようとした。しかしカルロスは、アレジャンドロとポルトガル語でいくらか言葉を交わすと、こちらに背を向けた。

「またあとで、イザベラ」カルロスが手を上げる。イザベルはしかたなく、アレジャンドロとともに開いているドアから家の中へと入っていった。

10

入口を入ると客間だった。木煉瓦《れんが》敷きの床を歩く二人の足音が響き渡る。窓から陽光が差しこみ、バーベナの花のさわやかな香りが漂っていた。

気を滅入《めい》らせるような荘厳さのあったアニータの別荘《ヴィラ》とは大違いだ。壁が色褪《あ》せ、天井に梁《はり》の見えるこの家のほうが、はるかに生活感がある。壁にかかった絵、テーブルの真ん中を飾る鮮やかな熱帯の花。エキゾチックな蘭《らん》の鉢もあちこちにある。

客間の奥へ足を進めていく二人を、全身黒ずくめの女性が出迎えてくれた。親しみやすくて感じがよさそうに見える。サンシャとは正反対だ。イザベルはほっとした。

「こちらはエレナ」アレジャンドロはそう言って、その女性にほほ笑みかけた。「エレナ、こちらはミズ・ジェイムソン。僕の……友人だ」

彼はわざと口ごもったのだ、とイザベルは思った。だが、エレナのほうはそれに気づいていないようだった。「牧場へようこそ《ベインビンドウ・ダ・キンタ》、セニョーラ」そう言って軽くお辞儀をすると、アレジャンドロに尋ねた。「コーヒーをお持ちしましょうか《ボーセ・ゴスタリア・ウン・カフェ》、ご主人様《セニョール》？」

簡単なポルトガル語しか知らないイザベルにも、歓迎されていることはわかった。

「フルーツジュースのほうがいいな」アレジャンドロは答えた。「それからアイスティーも。僕たちは温室《コンセルバトリウ》に行くから、そこに持ってきてくれ」

「かしこまりました、セニョール《シ》」

エレナが下がると、アレジャンドロはこちらを向いた。「おいで。家の中を少しばかり案内しよう」

イザベルは肩をすくめた。そうするよりしかたがない。だが、興味はあった。この家はヴィラ・ミモザとずいぶん違う。外見ばかりか雰囲気までもが。

家の中は、細かい間仕切りのない開放的な造りになっていた。客間は、床にイタリア製のタイルが敷かれた大広間へと続いている。奥には巨大な石造りの暖炉があった。

イザベルは好奇心に駆られて長窓から外を眺めた。中庭にはガラステーブルと柳細工の椅子が置かれている。その向こうできらめいているのは、気持ちのよさそうなプールだ。

彼女は上唇に舌先を走らせた。こんなにすばらしいところだとは予想もしていなかった。

思わず息をのむと、アレジャンドロがそばにやってきた。歩き方は少々ぎごちないが、今朝はきちんと前に進めるようだ。彼はその琥珀《こはく》色の瞳で、こちらの様子をうかがうように見つめた。

「あまりお気に召さないかな?」

イザベルはとがめるような視線を彼に投げかけ、乾いた口調で言った。「なぜそんなことを言うの？　とてもすてきなお宅だと思うわよ。わかっているくせに」それからひと呼吸おいて尋ねる。「この家はミランダと結婚するときに買ったの？」

アレジャンドロは唇をきっと結んだ。「なぜそう思うんだ？」

「さあね」イザベルは肩をすくめた。すぐ隣に立っている彼のことを妙に意識してしまう。「セニョーラ・シルヴェイラに勧められたんじゃないかと思っただけよ。あのヴィラから近いし」

アレジャンドロはため息をついた。「モンテヴィスタは我が家が代々所有してきた牧場だ。曾祖父《そうそふ》がここを造ったころにはエアコンなどなかった。今の時間はそうは思えないだろうが、山の空気は都会の空気よりもさわやかなんだ。ときには、暖炉の火をおこさなければならないほど寒くなることもある」

「じゃあ、ここにはエアコンがないの？」

「ああ」アレジャンドロは辛抱強くしゃべりながら、痛む腿をしきりにさすった。「ちょうどいい、ここは体を癒《いや》すのにもってこいの場所でもある。それに、僕は昔から馬が大好きでね。日々オフィスで働くより、カバレイルを……騎手をするほうが向いているんじゃないかと思うこともあるよ」

イザベルがちらりと隣を見ると、アレジャンドロは怪我《けが》を負った脚をかばっていた。

「体を回復させなければならなかったのね」イザベルは彼が気の毒になり、声を落として言った。「事故に遭ったあとは。そうでしょう?」

アレジャンドロは唇を歪《ゆが》めた。「そのとおりさ」そう答えると、イザベルを隣の大広間へ連れていき、唐突に言った。「温室だ」ガラスの引き戸の向こうに続いている、ガラス張りの大きな部屋を指さす。温室内では、温度を保つためにエアコンが使用され、ブラインドも半分下ろされていた。桶《おけ》に植えられた花から独特のかぐわしい香りが流れてくる。座り心地のよさそうな椅子もたくさん置かれていた。

「座ってもいいかな?」

アレジャンドロは返事を待たずに長椅子に腰を下ろした。痛む脚を伸ばすなり、どっと安堵《あんど》感に包まれる。無理をしているのは自分でもわかっているが、やはりイザベルに弱みを見せたくはない。愚かなようだが、彼女にどう思われるかがひどく気になった。

「もちろんよ」イザベルは彼からやや離れた椅子に腰を下ろし、その椅子の腕を落ち着きなく指先で揉《も》んだ。「脚が痛むのね? さっき、さすっていたでしょう?」

「前よりよくなったよ」アレジャンドロはぴりぴりした声で言った。自分の抱えるハンディキャップを話題にしたくはない。「ああ、やっと来た。エレナ、トレーはミズ・ジェイムソンの横に置いてくれ」

エレナは英語が少しわかるらしく、主人の指示に従うと、笑みを浮かべつつ尋ねた。

「昼食になさいますか？　お二人分ご用意しましょうか？」

「いや、その必要はない《ヘセイウ・キ・ナウン》。ミズ・ジェイムソンはポルト・ヴェルデに戻らなければならないんだ。昼食はまた今度だな」

「かしこまりました《シン》、セニョール」

エレナはふたたびお辞儀をして出ていった。イザベルは傍らのテーブルに置かれたトレーを見やった。

霜で覆われた水差しに入っているのは、冷えたフルーツジュースだ。背の高い容器の中で、アイスティーの氷がかちんと鳴った。

「ええと、何を飲む？」

「僕はいらない。だが、君は好きなものを飲んでくれ」

イザベルは手を震わせながらも、こぼすことなくジュースをグラスにつぎ、口元に運んだ。彼はなかば伏せた目をじっとこちらの顔に向けている。イザベルは自意識過剰になるまいとした。

ジュースはすばらしくおいしかった。おそらく洋梨《ようなし》とざくろとパッションフルーツが入っているのだろう。渇いた喉を潤すにはぴったりだ。

こちらが何も言わずにいると、アレジャンドロが口を開いた。「おいしいかい？」

「とっても」イザベルは慌てて答えた。「ありがとう。おいしいわ」

「よかった」アレジャンドロは椅子の背にもたれ、よりくつろげる姿勢をとった。「なぜ、僕を怖がるんだ?」

「怖がってなんかいないわ」イザベルは音をたててグラスを置いた。「そうじゃなくて不安なの。いったいどういうことなのか、教えてよ」

「なんの話だ?」

「わかっているくせに」イザベルはばかげた質問をされてじっと座っていられなくなり、温室の中をせかせかと歩きまわった。「なぜ私をここに連れてきたか、ということよ。エマをどうするつもり? なぜ私の生活を壊そうとするの? あなたの害になることなんか、何もしていないのに」

「そう思うのか?」アレジャンドロが唇を引き結ぶ。イザベルは動揺しながらも、彼の顔の野性的な美しさに心を奪われていた。傷跡は残っていても、その男性的な魅力はほとんど損なわれていない。

アレジャンドロがふいに体を起こし、こちらに身を乗り出した。

「こっちに来て座ったらどうだ?」穏やかな声で呼びかける。「そうやって歩きまわっていると、暑さでまいってくるだろう」だが、イザベルがいやいや先ほどの椅子に戻ろうとすると、じれったそうに言った。「そこじゃない」自分の隣の椅子を指さす。「僕と距離をとったって、状況は変わらないぞ」

イザベルはいまいましげに息を吐いた。だが、従うしかないだろう。アレジャンドロなど怖くない、と自分に言い聞かせる。怖いのは、不本意にも彼に惹《ひ》かれて心がくずおれそうになることだ。

「わかったわ」イザベルは努めて堂々とした声で言った。「なぜ、エマは自分の娘だと証明できるなんて言ったの？」

アレジャンドロは眉間《みけん》にしわを寄せて彼女を見つめた。「できるからさ」

「できないわよ」

「君がなんと言おうが、僕にはわかったんだ」アレジャンドロが椅子の上で身じろぎし、後ろポケットから財布を取り出して開く。すると、小さな写真がはらりと落ちた。

表向きに落ちたその写真に、イザベルの目はぱっと引きつけられた。まさか、嘘《うそ》でしょう。アレジャンドロがエマの写真を持っているなんて。彼があの子を尾行していた、ということ？

イザベルは震える手でその写真をつかむと、アレジャンドロに突きつけ、彼の浅黒い顔を見据えた。「いったいどういうつもり？」思わずつめ寄った。「知らないの？　ストーカー行為は犯罪よ、特に子供相手の場合は。どうやって娘の写真を手に入れたのよ？」

アレジャンドロはおかしそうにイザベルを見つめた。「それは君の娘の写真じゃない」落ち着き払った声で言う。「僕の姪《めい》のカテリーナの写真だよ」

「えっ？」

イザベルは手を引っこめ、信じられない思いでまじまじとその写真を見つめた。

こちらを見つめ返す写真の笑顔は、愕然《がくぜん》とするほどエマに似ていた。生き生きとした瞳、赤ちゃんのように柔らかそうな頬、えくぼ、大きめの口。しかしその子の髪はエマのよりずっと長く、つややかな巻き毛が小さな顔を縁取っている。

イザベルは息をのんだ。

確かにこれはエマではない。かっとなる前に注意深く見ていれば、わかったはずだ。それに、エマはカテリーナの着ているようなドレスは持っていない。

エマはおてんばだ。叔母のオリヴィアを手伝って馬小屋の掃除をするときは、いつもジーンズにTシャツ、ブーツという格好をしている。

視線を上げると、アレジャンドロはまだこちらを見つめていた。イザベルは頬を上気させた。「そうね、これはエマの写真じゃない。私の勘違いだったわ」そこでひと呼吸おく。「でも、わざとやったわけじゃない、なんて言わないでよ」

「僕がわざと何をしたというんだ？」

アレジャンドロはしらばっくれている。イザベルは激怒した。

「これを私に見えるように落としたでしょう」イザベルは写真を突き出し、彼が座っている椅子の腕に置いた。「それをわざと見せて、当然のことながら私が飛びついてくるのを待っていたのね」

「見えすいていたかな?」アレジャンドロは、またもや相手を狼狽《ろうばい》させるような目で見つめたが、やがて写真を手に取り、財布の中にしまった。「それでも《コントゥドゥ》、僕が正しいことは証明されたんじゃないか?」

イザベルは観念して息を吐き出した。「ええ、そうよ」彼と言い争っても無駄だろう。

「エマはあなたの子よ」手のひらに爪を食いこませながら認める。「それが何か?」

「なんだって?」アレジャンドロは怒りに声を震わせた。「なんてことだ《メウ・デウス》、僕には知る権利があるとは思わなかったのか?」

「知るって、何を?」イザベルは身震いしたが、毅然《きぜん》として言った。「ロンドン滞在中に一夜のお楽しみでうっかり女性を妊娠させてしまったことを?」

アレジャンドロはきっぱりと言った。「あの夜のことは、そんなんじゃなかっただろう」

「じゃあ、どんなものだったの? 教えてよ」イザベルは引き下がらず、勢いに乗って彼を責めつづけた。「あなたが私を誘惑したのよ、アレジャンドロ。ええ、そうよ、私もさほど抵抗しなかったわ。軽率だったって、自分でもわかってる。でも、あれは一夜限りの関係ではなかった、だから僕は悪くない、なんて言わないでちょうだい」

アレジャンドロは顔をしかめた。「君はわかっていない」

「わかっているわよ」イザベルはふたたび立ち上がると、非難がましい目でアレジャンドロを見下ろした。「忘れたの？　あのときあなたは、またイギリスに戻ってくるって約束したのよ。僕たちの関係はこれきりじゃない、って。なのに、三年以上もたって突然現れるなんて。こっちに私をおびき出すまで、便りのひとつもよこさなかったじゃない」

「それにはわけがあるんだ」

「どんな？」イザベルは言いわけなど聞きたくなかった。聞けば、感情にまかせて罵《ののし》ったことを後悔するはめになるかもしれない。「私はあなたを信じていたのよ、アレジャンドロ。きっとまた会えると思ってた。だけど、あなたは帰国後すぐに結婚してしまったんでしょう」

「すぐにじゃない」アレジャンドロは反論して立ち上がり、今度は逆にイザベルを見下ろした。「君はわかっていないと言ったのは、事故のことについてだ。君は僕を心底憎んでいたようだが、僕はリオで入院していた。君に限らず、誰とも連絡をとれない状態だったんだ」

イザベルは深く息を吸った。彼には彼なりの理由があるようだ。それについては何も言い返せない。

けれど、アレジャンドロが事故に遭ったのはこちらのせいではないし、退院後に連絡をとる時間はたっぷりあったはずだ。なぜ、今になって私を捜し出そうとしたのだろう？

そばにいるだけで惹かれてしまうことを、彼に悟られたくない。イザベルは少しあとずさりし、アレジャンドロを寄せつけまいと肩をいからせた。「それは……お気の毒だったわね。でも、今さら私にどうしろっていうの?」

「わからないのか?」アレジャンドロはまさかといいたげな調子で言い、こちらに一歩踏み出した。「エマが僕の娘だと認めれば、それですべての責任を果たしたことになるとでも思っているのか?」

「違うわ」イザベルはそれ以上あとずさりしないようこらえた。「でも、会ったこともない子供に愛情を感じているふりなんかしないでよ!」

「いや、会ったことはある」アレジャンドロの熱い吐息がイザベルの額にかかり、彼女は息をのんだ。

「イギリスに来たの?」

「エマに会うためじゃない」アレジャンドロはイギリスに行ったことを認めた。当時は、ロンドンでイザベルと過ごしたひとときを思い起こし、胸を痛めたものだ。彼はため息をついた。「それにしても、インターネットというのはすばらしいね。写真だって転送できるんだから」

イザベルはぎょっとして彼を見上げた。「でも、さっきはエマの写真は持っていないと言いたげだったじゃない」

「そうだったかな?」

「しらばっくれないで」イザベルはこんがらがった頭の中を必死で整理しようとした。「つまり、あなたは私をつけまわしていた、ってこと？」

アレジャンドロはうめいた。そう思われるのではないかと危ぶんでいたが、やはりそのとおりだった。「うちの会社はヨーロッパでの事業を管理するために、トラブルの解決業者と契約しているんだ。その一員に君の動向を調べさせた」

イザベルは息をのんだ。「信じられないわ。どうしてそんなことを？」

アレジャンドロは肩をすくめた。「決まっているだろう」業者に調査を依頼するまで激しい後悔の日々を送っていたことを思い出し、苦い表情を浮かべる。「君がどうしているのか知りたかったんだ。なにしろ、僕たちは大事なものをわかち合ったんだから。少なくとも僕はそう思っている」

「やめて」イザベルは後ずさりした。その目が蔑《さげす》みの色をたたえている。「私のことを気にかけていたふりなんかしないで。アレジャンドロ、あなたは別の女性と結婚したのよ、私とベッドをともにしたあとで。あなたが二人の関係を取るに足りないものだと思っていることくらい、私にもわかるわ。あのときだけじゃなく、今だってそうなんだわ」

「確かに今はそうだ」アレジャンドロが口元をこわばらせて苦々しげに言う。「僕はそんなにおめでたい人間じゃないからな」

「どういう意味よ？」

「わかっているはずだ、親愛なる人《カーラ》」その声には軽蔑《けいべつ》の響きがあった。「君が僕を見るときのその目。それに、僕が近づくたびにあとずさりするじゃないか」

「そんなことないわ！」イザベルはこれ以上彼にそんなふうに思われるのは我慢ならなかった。「それはただ……ただ……」

イザベルはそこで口をつぐんだ。自分でも認めたくない本当の気持ちを言葉にすることなんて、とてもできない。

一時の感情にとらわれれば、決意はたやすく打ち砕かれてしまう。自分だけでなく、エマの将来までも危険にさらすことになるのだ。

「やっぱりそうだろう？」アレジャンドロが荒々しい声で言う。イザベルが口ごもっている理由を完全に誤解しているようだ。「きのうの朝、君をこの腕に抱いたときにわかったよ。僕が放したとたん、君はぱっと逃げたじゃないか」

「セニョーラ・シルヴェイラがいたからだわ」イザベルは反論したが、アレジャンドロは信じなかった。

「本当かな？　僕の顔を見てぞっとするんじゃないのかい、愛する人《ケリーダ》？」

「するわけないでしょう！」

「するわけないだと！」アレジャンドロはその顔に斜めに走る傷跡を、手のひらの付け根でなぞってみせた。「こんな男に惹かれるというのか？」イザベルが首を振ると、彼はすごみをきかせた声でつぶやいた。「そんなわけないよな」

「わからない人ね」

「いいや、これ以上ないほどわかっているさ」アレジャンドロはイザベルににじり寄り、葡萄《ぶどう》の蔓《つる》が絡まった格子棚に彼女の背中を押しつけた。自分を曲げまいというイザベルの決意は跡形もなく消え去った。

「アレジャンドロ」

だがイザベルは、その先を言う前に唇を奪われた。

優しさなどみじんもないキスだった。アレジャンドロはイザベルを抱きしめようともせず、ただそのたくましい体の発する熱で彼女を取り巻いた。

それはイザベルを罰するためのキスだった。唇を押し開かれた彼女は、舌先に血の味を感じとった。アレジャンドロも感じているはずだ。彼がくぐもった声で毒づいたことからも、それがわかる。

けれど、アレジャンドロの唇の貪欲《どんよく》な攻撃はやまなかった。舌先を突き入れられるたび、イザベルは彼に求められていることを実感した。アレジャンドロには、そんなつもりはなかったにちがいない。

「ちくしょう《ハイウス・ウ・バルタン》！」アレジャンドロが唇を重ねたままうめく。イザベルは彼の息を、香りを、吸いこんだ。と、そのとき、アレジャンドロが怒ったように手を伸ばしてきてヒップをつかみ、その高ぶった体にぐいと引きつけた。「君がほしい」アレジャンドロは息遣いも荒くささやいた。「君とひとつになりたいんだ」そして体を引き、こちらを見下ろした。その顔は嫌悪感に満ちている。「まったくいかれてるよな?」

「アレジャンドロ……」

そのとき誰かがやってきた。アレジャンドロがそちらを振り返った。危ういところで歯止めがかかってよかった、とイザベルは自分に言い聞かせた。

「カルロス」彼は戸口に姿を見せた相棒に、引きつった声で呼びかけた。「ちょうどいいときに来たな。そろそろお客様を厩舎《きゅうしゃ》に案内してもらおうか」

11

「アレックスの大牧場《エスタンシア》は楽しかった？」

明くる日の午後だった。前日、イザベルは昼にはヴィラ・ミモザに舞い戻ったが、またしてもアニータの偏頭痛により、インタビューはできなかったのだ。

イザベルには、それだけ頻繁に頭が痛くなるのは体が弱いからではなく、自分がいるせいなのではないかと思えてならない。

アニータに値踏みするような鋭い目を向けられ、イザベルは喉元から顔がかっと熱くなっていくのを感じた。「えっ……はい。とても」ぎくしゃくとした口調になる。アレジャンドロは、あのあと義母に電話で何か言ったのだろうか。

それともこちらに直接話しに来たとか？　なぜ彼女が知っているのだろう？

「少し遠いと思わなかった？　町からずいぶん離れたところだ、って」アニータがたたみかけてくる。

「私……いえ」アニータは何を言わんとしているのだろう。「ただ、とてもすてきなところだと」

アニータはいまいましげに舌打ちをした。「あなたったら、そればかりね。私の家のこともすてきとかなんとか言ったし」ふんと鼻を鳴らす。「今回あなたが書いてくれる記事は、そういう当たり障りのない言葉だらけになったりはしないんでしょうね」

「当たり障りのない言葉を選んでいるつもりはありません」イザベルは弁解した。

「そうかしら?」アニータは疑っているらしく、眉間《みけん》にしわを寄せた。「アレックスがロンドンにいたとき、あなたたちはいったいどういう仲だったの? ここに来たのは彼に会うためなの?」

話題が一変し、イザベルはぎくりとした。「違います」声が震える。「とんでもありません」

「ここに来て、気が変わったんじゃないの?」アニータの口調はひややかだった。「今のアレックスはロンドンにいたころの彼とは大違いでしょうしね」

イザベルははっとした。「彼が義理の息子さんだとは知りませんでした」アニータがこんな反応を見せるなんて、いったいアレジャンドロは彼女に何を言ったのだろう。

「それじゃ答えになっていないわ」アニータはぴしゃりと言い返した。「アレックスの姿を見て、いやになったの? あなた、彼が事故に遭ったことも重傷を負ったことも知らなかったみたいね」

イザベルは首を振った。「プライベートな話はこれで終わりにしたいのですが」

「だったら、なぜわが家に泥棒猫のように入ってくるの？」

「そんなつもりは――」

「あなたも人の親だから、きっと幼い娘さんのもとへ早く帰りたがるだろう、と思っていたんだけど」

「そのとおりです」

「娘さんはおいくつ？　赤ちゃんじゃないわよね」

イザベルは身をこわばらせ、ついきき返した。「なぜそんなことを？」

アニータは唇を引き結んだ。「なぜって、あなたはアレックスと出会ったときには結婚していなかったそうね。それは、ほんの三年前のことなんでしょう？」

イザベルは弱々しく息をつき、あいまいに答えた。「エマはもうすぐ三歳です。さて」いったん言葉を切る。「そろそろ本題に戻りませんか？」

「これが本題よ」アニータは笑顔ではねつけた。「あなたのすべてを知りたいのよ、ミズ・ジェイムソン。自分のことを打ち明ける前に、あなたに心を許していいものかどうかを確かめておきたいの」

イザベルは背筋を伸ばした。二人は、壁に革表紙の本がずらりと並んだ重苦しい雰囲気の書斎にいた。アニータは四角いマホガニーのデスクにつき、革張りの椅子に座っている。

イザベルにあてがわれたのは、背の固いダイニングチェアだ。おそらく、こちらに身のほどを思い知らせようとしたのだろう。

「あなたと違って、私の人生には取り立てて言うほどの出来事はありませんでしたので」そう言ってアニータの気をそらそうとする。「最初の著書についてうかがいたいのですが。執筆されたのは、ミランダさんご出産後の体調不良から立ち直りつつあったころだそうですね」

「あなたが言っている出産というのは、息子のミゲルのことね」アニータは無愛想に言った。「あの子は生まれて数週間で亡くなったわ。私が立ち直りかけていたのは、ミゲルの死からよ」

「まあ」その話はイザベルにとって初耳だった。けれど、アニータの最初の著書があきらかに暗いトーンで書かれていたのは、そうした背景があったからなのだろう。「申しわけありません、セニョーラ。立ち入ったことをきくつもりはなかったんです」

「でも、それがあなたの仕事じゃないの?」アニータは合点がいかない様子で黒い眉をつり上げた。

「お聞きしたいのは、あなたの著書と関係のあることだけです」イザベルは言いきった。暴露記事を書くつもりは毛頭ない。唇を噛《か》み、先を続ける。「最初の著書の話に戻りますが……ヒーローのアロンゾは、シェイクスピアの『リチャード三世』をもとに構築されたキャラクターではないかと言われていますが」

「ミズ・ジェイムソン、結婚されたのはいつ？」

またも不意打ちを食らい、イザベルはとまどった。だがアニータには、満足のいく答えが得られるまでインタビューを再開する気はなさそうだ。

「ええと、二十一のときです」イザベルは正直に答えた。

「二十一ですって？」アニータは意外そうな声をあげた。「だったら、アレックスと出会ったときには結婚していたのね」唇をすぼめて考えこむ。「彼はそのことを知っているの？」

イザベルはため息をついた。「二年で離婚したんです」しかたなく答える。「デヴィッドとの結婚は失敗でした。もっとも、彼は離婚からわずか一年後にインドネシアの地震で亡くなりましたが」

「じゃあ、再婚したんでしょう？　エマは前のご主人との間の子ではないはずだもの」

「いえ」イザベルにはこの会話の行き着く先が見えなかった。「あれから九年ほど独身でいますので」

「あらそう」アニータは満足げな顔で唇に舌先を走らせた。「ということは、エマは婚外子なのね？」

イザベルは息が止まりそうになった。怒りで頭に血が上り、言葉もなかなか出てこない。

「それはあなたには関係のないことですわ」やっとの思いで口を開いた。「これ以上私の私生活に関する話に時間を費やすのなら、このインタビューはなかったことにさせていただきます」

「まあ！」アニータの顔に悔恨の色が浮かんだ。「許してちょうだい。私は作家でしょう。だから人と会うと、どうしても相手の生き方に興味を持ってしまうの」彼女は悔い改めたような笑みを見せた。「お願い、そんなに怒らないで。あなたがどう生きようとあなたの勝手よね、当然だわ」

ええ、そうよ。イザベルは心の中で憤然とつぶやいた。

今すぐ立ち去りたくてたまらなかった。とはいえ、私は叔父から仕事を託されている身だ。もっと厄介なインタビューをこなしたことだってある。ああ、アレジャンドロの意図がはっきりとわかればいいのに……。


アレジャンドロはヴィラ・ミモザの私道に入り、母屋からやや離れた場所にレクサスを止めた。必要なとき以外はアニータと顔を合わせたくない。これから会おうとしているのはイザベルだけだ。

最後にイザベルに会ってから三日がたっていた。その間、アレジャンドロは過酷な運動に没頭していた。抑えようのない彼女への気持ちに対処するには、それしかなかったのだ。

まったく腹立たしい。

イザベルは信じないかもしれないが、アレジャンドロは帰国後もしょっちゅう彼女のことを考えていた。病院のベッドの上で、もう二度と事故前の自分には戻れないのだという事実を受け入れざるをえない状況に立たされたときは、なおさらだった。

そのころには怪我《けが》の状態も生死にかかわるほどではなくなっていたが、腿の靱帯《じんたい》が切れたため、一生普通に歩くことはできなくなった。そのうえ形成外科医からは、何度手術をしても右頬の傷は消えないだろうという判断を下された。

当時はひどく辛《つら》かった。この顔を見た女性はみな嫌悪感や憐《あわ》れみをいだくにちがいない、と思っていた。ロンドンに戻ってイザベルから化け物でも見るような目で見られるのは、絶対に嫌だった。

もちろん、時の経過とともに状況も改善した。なんと、この傷に魅力を感じる女性たちがいるのだということも知った。今よりも世をすねていた時期には、これだけの富があれば何度過ちを犯してもやり直せるだろう、と考えたこともあった。

そんなときもずっと、そばにはミランダがいた。彼女は常に良心の呵責《かしやく》に苛《さいな》まれ、家族の期待にそってアレジャンドロに尽くそうと必死だった。

アレジャンドロは眉をひそめつつ車から降り、できるだけ静かにドアを閉めた。傷めているほうの脚に体重がかかり、思わず顔をしかめる。イザベルのことを考えずにすむよう、馬に乗って牧童とともに子牛を追い立てていたら、弱い心を戒めるのではなく、肉体を痛めつけることになってしまった。結局イザベルのことはいっときも頭から離れず、腹をくくって現実と向き合うしかないのだと悟った。

そこで、闇《やみ》にまぎれて行動しやすくなる夜まで待ってからイザベルを訪ねることにしたのだ。買収しておいた下男によると、彼女の部屋は別荘《ヴィラ》の裏手に位置し、ベランダがついているらしい。それなら忍びこみやすそうだ。体に負担はかかるかもしれないが、裏をまわれば、使用人とも顔を合わせずにすむ。

時刻はすでに十時を過ぎていた。アレジャンドロはイザベルがまだ寝ていないことを願った。

彼女がエスタンシアを訪れて以来、アニータは電話をかけてこなくなった。たぶん、まだ僕たちの関係を怪しんでいるのだろう。アニータがもろもろの事情を考え合わせ、エマが僕の子であると気づくのは、きっと時間の問題だ。

けれど、知られたってかまうものか。そう考えながら狭いところを通り抜けようとすると、腰に竹の子が食いこんできた。アレジャンドロは必死でうめき声を嚙み殺した。

ベランダにたどり着き、イザベルの部屋に明かりがまだついているのを見て、アレジャンドロは安堵《あんど》のため息をもらした。足を引きずりながらドアまで進み、心を落ち着かせてからノックする。

静まりかえったドアの前で待っている時間は、ひどく長く感じられた。留守なのではないかと思いはじめたとき、ようやく足音が聞こえてきた。

「どなた？」張りつめた不安げなイザベルの声を聞いたとたん、アレジャンドロはドア脇《わき》の壁にへなへなともたれかかった。

「僕だ」力ない声で言う。「アレジャンドロだ」いったん間をおいてから続ける。「開けてくれ」

ふたたび沈黙が訪れた。大きな音をたてたり壊したりせずにドアを開ける方法はないものかと考えていると、ドアの取っ手がまわった。

姿を現したイザベルは、寝間着代わりとみられるクリーム色の綿の肌着とショートパンツを身に着けていた。頬を赤らめ、身構えた顔をしていたが、部屋の明かりに照らされたアレジャンドロの顔を見ると、表情を一変させた。

「まあ大変！　具合でも悪いの？」ためらいもなく進み出て、彼の腕を取る。「さあ、つかまって」

アレジャンドロはその手を払いのけようとした。「ありがとう。だが、助けはいらない」とげとげしい声で言ったが、イザベルは引き下がらなかった。

「ばか言わないで！」一喝して彼を明るい部屋の中に入れる。「どうやってここまで来たの？　歩いて？」

「ああ、モンテヴィスタからではないが」アレジャンドロは顔に汗が噴き出すのを感じながら、乾いた口調で言った。手近な椅子の背をつかみ、なんとかまたがって腰を下ろすと、ほっと息をつく。「大丈夫だよ」それでもまだ横に立っているイザベルに向かって、言った。「ドアを閉めてくれ。人に見られたくないからな」

「ああ！　そうね、そのとおりだわ」

イザベルは慌ててドアを閉め、反射的に鍵《かぎ》もかけた。アニータがまだ仕事中だといいのだが。

アレジャンドロは椅子の背の上で腕を組み、手首に顎をのせた。まだ心配そうにこちらを見つめているイザベルに向かって、かすかにほほ笑んでみせる。「死にやしない。腰をひねっただけさ」大きく息をつく。「気分もだいぶよくなったし」

イザベルがウエストのあたりで手を揉《も》み合わせる。化粧もせず、髪を肩に垂らしているせいか、いやに若く見えた。

アレジャンドロの心を和ませるには理想的な姿だ。

彼女がおずおずと尋ねる。「どうして脚を痛めたの？」

「今、話したじゃないか」

「そうじゃなくて」イザベルはため息をもらした。「ミ、ミランダも怪我をしたの？」

「交通事故のことか」痛みがようやく引いてくると、アレジャンドロは安心して顔を上げた。「そのせいで彼女が自殺したと思っているのか？　僕と違って、彼女は鏡を見るのに耐えられなかったと？」

「そうじゃないわ！」

イザベルは否定したが、内心ではそう思っていたのだろう。アレジャンドロにはわかっていた。

「事故が起きたとき、ミランダは車の中にいた」彼は短く言った。「だが、安心してくれ。彼女は無傷だったよ」

「まあ」

アレジャンドロは眉間にしわを寄せた。「ミランダが死んだのは事故のせいじゃない」

「よかった」

「そう思うか？」アレジャンドロは物憂げに息を吸った。「まあ、そうだろうな。少なくとも、誰も僕を責めなかったし」

「車を運転していたのは、あなただったの？」

アレジャンドロはため息をついた。「なあ、話題《エクスタ・アキ》を変えないか？　そんな話をしに来たんじゃないんだ。君が僕の怪我をどう思っているかは、よくわかっている」

ふいにイザベルが憤然とした声をあげた。「ちっともわかってないわ！」テーブルに視線をやり、その上にのったコーヒーポットを指さして言う。「コーヒーでも飲まない？

まだ温かいと思うわよ」

「いや、いいよ」アレジャンドロは不満げに唇を曲げた。「そうやってまた僕の気をそらそうとしているなら、あきらめるんだな。時間の無駄だ」

「そんなつもりはまったくないわ」イザベルはいきり立った。「こういう場合はコーヒーでも出すべきじゃないかと思っただけよ。それ以上刺激の強いものは出せないけど」

「へえ?」

アレジャンドロは乾いた口調で言いながらも、あらぬところで想像力を働かせていた。どうやらイザベルは、ブラジャーを着けていない胸の頂が薄い綿の肌着にくっきりと浮かび上がっていることに気づいていないらしい。小さなショートパンツの下にも何も着けていないかもしれないと想像すると、彼は落ち着かなくなった。

たちまち欲望をかき立てられたアレジャンドロは、ここに来た目的を懸命に思い出そうとした。ひとたびイザベルに触れてしまえば、きっと止められなくなる。自分でもそれはわかっていた。

「座らないか?」アレジャンドロは言った。そのほうが、見下ろされているよりもいい。

「わかったわ」イザベルがいくぶんそっけないしぐさで、ソファの端に腰を下ろす。脚を組んでくれたおかげで、アレジャンドロは彼女の腿の上部まで目にすることができた。イザベルはふと思いいたったように尋ねた。「セニョーラ・シルヴェイラはあなたがここに来ていることを知っているの？」

「いや《ナウン》」アレジャンドロはぶっきらぼうに答えた。「アニータに会いに来たわけじゃないからな」

「そう」イザベルは、汗ばむ手のひらでむきだしの膝をさすった。「で、用件は？」

アレジャンドロは眉をひそめてイザベルを見つめた。「エマの話を聞かせてほしい」

イザベルは口ごもった。「何を知りたいの？」

アレジャンドロはうめき声を噛み殺した。「あまりいらいらさせないでくれよ、イ、イザベラ。エマのことすべてさ。写真は持ってきているかい？」

イザベルはかすかに息苦しさを覚えた。「数枚なら持っているわ」しぶしぶ認める。

「見せてもらえるかな？」

「ほとんどの写真は家に置いてきたの」

「わかってる」アレジャンドロは堪忍袋の緒が切れそうになるのをぐっとこらえた。「とにかく見せてもらえないか？」

「わかったわ」イザベルは立ち上がり、テーブルの上に置いてある携帯電話を手に取った。そしてソファに戻ると電源を入れ、メモリに保存されている写真のアルバムを開いて彼に渡した。「これよ」

アレジャンドロはアルバムをゆっくりと目で追っていった。だが、どう感じているのかは、イザベルにはわからなかった。

「エマは二歳になるんだろう？」

「二歳半よ」イザベルはつっけんどんに答えた。

「とてもきれいな顔をしているな」

イザベルは思わず口元をほころばせた。「かわいいでしょう。でも、見た目に惑わされちゃだめよ。すごくおてんばなんだから。男の子みたいなことをしたがるのよ。たとえば泥んこになるとか。叔母のオリヴィアと一緒に厩《うまや》にいるときがいちばん幸せみたい」

「なるほど《イ・クラロ》」アレジャンドロは相槌《あいづち》を打った。「君の叔母さんも馬を飼育しているんだね？」

「サラブレッドじゃなくて、シェトランド・ポニーや狩猟用の馬だけど。ほとんどが乗馬スクールや個人所有の馬になるの」

アレジャンドロがうなずく。「会ってみたいな」

イザベルはぽかんと口を開けた。「イギリスに来るの？」

「困るのかい？」

「あの……困りはしないけど……」

「娘に会いたいのなら、行かないとな」アレジャンドロはふたたびエマの写真に視線を落とすと、自虐的な笑みを浮かべつつ言った。「だが、まだ早いよな。エマを怖がらせたくはないだろう?」

イザベルはアレジャンドロをじっと見つめた。簡単に聞き流せる言葉だったのかもしれないが、そんなことを言う彼がひどく憐れになった。

「あなたに会ってもあの子は怖がったりしないわ!」そう叫んだが、彼は懐疑的な表情を浮かべている。「エマは温室育ちのやわな子なんかじゃない。明るくて強い子よ。それに、大人と子供ではものの見方が違うんだから」

「大人って、君のことか?」アレジャンドロは苦々しげに問いかけ、携帯電話をイザベルに返した。そして答えを待たず、どこか重々しい動きで立ち上がった。「また来るよ、イザベラ。必ずね」

アレジャンドロは傷めていないほうの脚をまわして椅子から下りようとした。だが、日中に酷使した体が硬くなっていたらしく、よろめいてしまった。体勢を立て直そうと椅子の背をつかむ。しかしその椅子もひっくり返り、バランスを失って前のめりになった。

イザベルはとっさに立ち上がり、アレジャンドロを支えようとしたが、彼女の力では無理だった。そのうえ、よけろと言う彼の声も聞こえていなかった。

イザベルはアレジャンドロを支えきれず、後方のソファに倒れこんだ。そこに、けっして軽いとは言えない彼の体がのしかかってきた。

12

アレジャンドロは毒づいた。イザベルの肺を押しつぶしてしまわないよう、すぐさま彼女の頭の両脇《わき》に手をつき、体を浮かせる。

「なんてことを《メウ・デウス》！　すまない《ペルダウン》！」彼はイザベルの腰を膝ではさむようにしてまたぎ、体を起こした。

「大丈夫よ」イザベルは少し息を切らしつつも、口元に笑みを浮かべた。「今のは事故だったのよ。私が余計なことをしなければよかったんだわ」

「君は助けてくれようとしたんじゃないか」アレジャンドロはきっぱりと言い、呼吸を整えようとした。醜態をさらした屈辱感で、頬にかすかな赤みが差す。「まいったな《デウス》、僕のことを、醜いうえに老いぼれだ、と思っているんだろう?」

「あなたは老いぼれなんかじゃないわ」

イザベルはもどかしい気持ちでアレジャンドロを見上げた。あなたは立派な人間だ、醜くなどない、と伝えたかった。

イザベルの手がおのずと動き、彼の頬の隆起した傷跡をためらいもなく撫《な》でた。アレジャンドロがとっさに体を引いても、彼女はその手を止めなかった。

「やめろ《ナウン》」アレジャンドロはイザベルの手をつかんだ。「やめてくれ」

「どうして?」

イザベルは挑むように言った。だがアレジャンドロは彼女の手を口元に運ぶと、手のひらに唇で触れ、そこににじんだ汗を舌先で味わった。彼に目を見つめられたイザベルは、息が止まりそうになった。

「イザベラ」その声は抵抗をにじませつつも、愛撫《あいぶ》のように甘く響いた。「こんなはずじゃなかった」

アレジャンドロは仰向けになったイザベルの体をゆっくりと眺め下ろし、ベストの裾《すそ》からのぞく白い肌を撫でさするような視線で見つめた。ソファに倒れこんだときに、はからずも彼女のショートパンツをずり下げてしまったらしく、へそがのぞいている。

アレジャンドロははっとした。いったんイザベルに触れてしまえば、あとの行動には責任を持てない。体はすでに目覚めている。皮肉なことに、彼女を見つめていると脚の痛みは和らいだ。今はただ、両手を広げてイザベルの柔肌に触れ、その温《ぬく》もりを感じ、二人の間に漂う緊張を解きたい。

イザベルのみぞおちには、たまらなくそそられた。ウエストのくびれが、唇で触れるのにぴったりのくぼみを作り出している。そこにキスをしたら、やはりあのときと同じように甘く感じるだろうか？

アレジャンドロの脳裏にあらゆる記憶がよみがえった。ロンドンのアパートメントのベッドで抱き合ったこと。父の電話が二人の関係を台なしにしたこと。イザベルの見せた反応、熱く燃やした情熱の炎。彼女の脚の間に顔を埋《うず》め、二人の交わりがもたらした麝香《じゃこう》のような香りを胸に吸いこんだこと……。

何を考えているんだ《デウス》！

アレジャンドロは思考を断ちきろうとした。だが、イザベルの胸の先端は固く張りつめ、その体はかぐわしい香りを放っている。彼女も興奮しているのだ。それを知りながら自分を抑えることなど無理だろう。

なんとか自制しようとイザベルの前腕をつかんだものの、繊細な肌が赤くなってしまった。手の力を緩め、腕の付け根へと指を滑らせていくと、彼女はその愛撫に応《こた》え、痙攣《けいれん》したように肩を震わせた。

「とてもきれいだよ《タウン・ドシ》」アレジャンドロはささやいた。しかし、すぐさま歯を食いしばり、自分の中に残っていた分別を振り絞った。「こんなことは、あってはならないんだが」

「まだ何も起こっていないわ」イザベルがかすれ声で言う。しかし、本当はそう思ってはいないはずだ。

「起こるさ」アレジャンドロは感情の高ぶりに声を震わせた。「それとも、その体の反応を無視してほしいとでも?」

「私……アレジャンドロ……」

だが、もう手遅れだった。アレジャンドロはすでに顔を傾け、欲望をそそるイザベルの胸の頂を、薄い綿の肌着越しに唇でとらえていた。

胸の先端を吸われ、イザベルの体は力を失った。脚の付け根がたちまち潤いはじめる。こんなことは初めてだ。ほとんど触れられていないのに、すでに絶頂寸前だ!

「愛する人《ケリーダ》」アレジャンドロはかすれ声で言い、もう一方の胸の頂に視線を移した。「服が邪魔だな」彼は今度はそちらを吸いはじめ、イザベルからしか得られない満足感を舌先で追い求めた。だが、やがて焦《じ》れったそうな声をあげ、邪魔な肌着を引き上げて、彼女の胸をあらわにした。「このほうがいい《ムイント・メリョール》」アレジャンドロはささやき、ふたたび胸の頂をとらえた。イザベルは貪欲《どんよく》な舌先に全身の力を吸い取られていく感覚にとらわれた。

アレジャンドロは次に唇を重ね、イザベルの下唇の内側にそっとセクシーに歯を立て、欲望をそそるような舌先のタッチで口の中を探った。

イザベルはたまらずうめき声をもらした。官能の海にのまれた彼女は、手のひらでヒップを包まれるや、アレジャンドロに向かって腰を突き出した。

アレジャンドロはイザベルのショートパンツを引き下ろした。うれしいことに、彼女は予想どおり下に何も着けていなかった。肌着を頭から脱がされたイザベルは、生まれたままの姿になった。

「とてもきれいだ《ムイタ・ベラ》」アレジャンドロは人差し指をイザベルのへそから腹部のかすかなふくらみへ、そして、熱く潤う秘めやかな部分へと滑らせていった。

彼の指先が入りこんできたとたん、イザベルはびくんとし、喉の奥から声を絞り出すように言った。「やめて……お願い」

「だめかい《ナウン》？」

イザベルは身を震わせた。「だめ……今は」

アレジャンドロは身をかがめ、指先でなぞった跡を舌先でたどっていった。イザベルが体を激しく痙攣させる。「それは本音じゃない」彼の声は確信に満ちていた。

イザベルは彼のベルトのバックルを手探りした。

「あなたの……服も邪魔ね」

アレジャンドロはぴたりと動きを止めた。「まわりくどい言い方をするんだな」張りつめた声で言う。「だが、明かりを消せば……」

「そうじゃないの」イザベルは片手をついて起き上がり、反対の手で彼の手首をつかんだ。

「私があなたの傷跡を気にしていると思っているの？」

「僕が気にしているんだ」にべもなく言う。だがイザベルは、アレジャンドロの下から這《は》い出して膝をつくと、考え抜いたうえでの決意を胸に、彼のシャツのボタンを外しはじめた。「やめてくれ《ナウン》！」

アレジャンドロが手で制したが、イザベルはひるむことなく彼の目を見据えた。

「いいえ、やめないわ」頑として答え、アレジャンドロの顔を両手で包み、頬の傷跡に唇で触れる。「信じて。私はあなたを傷つけたりしないわ」

いや、そんなはずはない、とアレジャンドロは思った。しかしシャツの前を開けられ、なまめかしいしぐさでむきだしの胸をすり寄せられるうちに、もう抗《あらが》えないと観念した。

きっと後悔するぞという心の声を無視し、イザベルの背中をソファのクッションに押しつける。彼は欲望に屈し、彼女の唇を貪《むさぼ》るように求めた。

シャツが肩から剥《は》がされていくのがわかる。たとえイザベルが、そこに広がる蜘蛛《くも》の巣状の傷跡を見てたじろいだとしても、僕はやめないぞ。そして、ふたたびベルトのバックルに彼女の手がかかったが、今度はアレジャンドロも止めなかった。

イザベルがベルトを緩め、ウエストのボタンを外す。引きしまった肉体に触れる彼女の指先に、アレジャンドロはたまらなく欲望をかき立てられた。ジーンズを下着ごと引き下ろされると、張りつめた興奮のあかしがイザベルの手の中にこぼれ出た。

ああ《デウス》！　イザベルの手に包まれている感触はすばらしい。欲望のあかしを撫でさすっていた彼女がそれを口に含むと、アレジャンドロは鋭く息をのんだ。

なんてことだ《クリストゥ》、ろくに息もできないじゃないか。今にも我を忘れそうだ。

抑えこもうとしていた欲望は、今や燃えたぎる炎と化し、全身を駆け巡っていた。もはや引き返すことはできない。体の触れ合う感触も、イザベルの舌の官能的な動きも、まだ見ぬ至福の境地へと導いてくれているようだ。イザベルがほしい。あとでどうなろうと、彼女とひとつにならなければ。

アレジャンドロはイザベルの髪に指を差し入れ、上を向かせた。たった今まで熱い舌先に撫でられていたところが、外気に触れてひんやりする。イザベルの中に入りたい。熱く燃える彼女に包まれれば、いっさいのためらいは捨て去られるだろう。

「アレジャンドロ」イザベルは片肘をついて背中を反らし、すらりとした体をアレジャンドロの眼前にさらした。吸われてふくらんだ胸、薔薇《ばら》色をしたその頂。彼の舌先に探られていた腿の付け根は湿り気を帯びている。

アレジャンドロは靭帯《じんたい》が切れていることも、ふだんは用心しながら服を脱いでいることも忘れ、ジーンズをいっきに足首まで引き下ろした。

ふと気づくと、イザベルがこちらを見ていた。だが、傷を隠してもしかたがない。

それに、彼女の目は欲望をみなぎらせた力強い興奮のあかしに釘《くぎ》づけだった。

「言ってくれ」アレジャンドロはイザベルの手をつかんだ。「僕がほしいと言ってくれ。頼む、イザベラ。今度は迷いを捨ててほしいんだ」

イザベルは視線を上げ、苦悩に満ちたアレジャンドロの顔をじっと見つめた。大きく見開いたその目で、無意識のうちに彼を挑発する。「この前だって、迷いはなかったわ」ようやく聞きとれるくらいの声でつぶやいた。「あなたが欲しいの」かすれ声で訴える。「これを聞きたかったんでしょう?」

「ああ」アレジャンドロはイザベルの腿の間まで顔を下ろし、体の奥の扉をふたたび舌先で押し開いた。「それが聞きたかったんだ」うっすらと伸びた顎髭《ひげ》が彼女の敏感な肌とこすれ合い、このうえなく官能的な感覚を生み出す。「ああ、いとしい人《カーラ》、僕を受け入れる準備がすっかりできているじゃないか」イザベルを見上げ、からかうような笑みを口元に浮かべる。「もう少し待たせてもいいかな?」

イザベルは息が止まりそうになったが、やっとの思いでささやいた。「あなたは待てるの?」すると彼が覆いかぶさってきて、唇をふさがれた。

アレジャンドロは唇を重ねつつ、うずく欲望のあかしの先端で、熱く潤う彼女の体の芯《しん》を探った。イザベルが自ら脚を大きく開く。その挑発的な誘いをやり過ごすことはできなかった。「待てないよ」声が乱れる。「頼む、カーラ」次の瞬間、彼は息をのんだ。「デウス、すごくいい」

イザベルの柔らかな手に導かれ、アレジャンドロは彼女の中に押し入った。イザベルはきつく締めつけながらも、すっかり彼を受け入れた。まるで、このために生まれてきたかのような体をしている。

　アレジャンドロはいちばん奥まで達すると、しばし動きを止め、熱を帯びたイザベルの体に包まれている感覚を堪能した。認めたくはないが、どれだけ多くの女性を知っていようと、これほどの満足感を与えてくれたのは、あとにも先にもイザベルだけだ。

「アレジャンドロ」イザベルは彼の首に腕をまわし、自分の顔のほうへ引き寄せた。「思いきり抱いて」

　アレジャンドロはイザベルをじっと見つめ、離れる寸前まで体を引いたかと思うと、ふたたび彼女を貫いた。喜びのうめきをもらしたイザベルは、片脚をアレジャンドロの腰に巻きつけ、彼のふくらはぎを足の裏でさすった。

　官能を刺激するその愛撫に、アレジャンドロは自分を抑えきれなくなった。意志とは裏腹に、体の動きが速まっていく。二人の快感はいっきに高まっていった。

　イザベルのエクスタシーの波が押し寄せてくる気配を感じ、アレジャンドロは喜びのうめき声をあげた。イザベルは体を痙攣させ、彼を締めつけて限界へと追いやり、熱い蜜《みつ》をどっとほとばしらせた。その洪水にのまれたアレジャンドロは、もはや持ちこたえられなかった。

　彼は最後にもう一度深く体を沈め、単なる喜びとは異なる満足感に包まれながら絶頂に達した。力はすべて使いきった。もう何も望むことはない。これほど満たされたのは、この三年間で初めてだ……。

目を覚ましたアレジャンドロは、自分がどこにいるのかが少しずつわかってきた。寝覚めによく感じる苛立《いらだ》ちはない。腿の痛みは、乗馬によるものとは違う疲労からきているようだ。

寝返りを打って半身を起こし、室内を見まわす。イザベルはどこだ？　いったいどうやって、僕を起こさずに体の下から這い出したのだろう？

ふと自分の体を見下ろしてみて、イザベルが抱き合ったあとの余韻をわかち合うことなく出ていってしまった理由がわかった。そう、熱に浮かされたように求め合っていれば、この傷も目に入らないだろうが、ほとぼりが冷めれば話は別だ。

アレジャンドロは顔を撫《な》で下ろし、気だるそうに立ち上がった。ジーンズを拾い上げて無造作にはく。イザベルに見られる前に傷跡を隠してしまいたかった。

シャツをはおり、ボタンをはめていると、背後で物音がした。振り返ると、パイル地のバスローブに身を包んだイザベルが寝室のドア口に立っていた。

「目が覚めたのね」イザベルの声はかすかに震えていた。「大丈夫？」

「大丈夫に決まっているじゃないか」アレジャンドロはいらいらした口調で答え、唇を歪《ゆが》めた。「長居しすぎてしまったようだね」

イザベルの顔から血の気が引いた。「あなたが眠っていたから」弁解するように言う。

「起こしちゃ悪いと思って」

「そうなのかい《ナウン》?」アレジャンドロはひややかに笑った。「そんなに長い間寝ていたかな?」

「ええ、まあ」

アレジャンドロがはっとして腕時計を見た。時刻は午前二時をまわっている。ゆうに二時間は眠っていたことになる。

「悪かった」彼は度を失った。「もう帰らないと」

イザベルは無言のまま彼を見下ろしている。アレジャンドロは不本意ながら、またもや彼女に心を惹《ひ》かれていた。

しかし今度ばかりは、感情に身を委《ゆだ》ねはしなかった。今夜二人はとほうもなくすばらしい体験をともにした。だが、もう時間切れだ。

アレジャンドロは痛む脚を引きずりたいという気持ちと闘いながら、ドアに向かった。イザベルの視線を痛いほど感じるが、プライドはまだ残っている。

彼はドアを開ける前に振り向き、引きつった声で尋ねた。「そうだ、インタビューは順調かい?」

イザベルは目を丸くした。今この状況でそんなことをきくなんて、どこまで無神経なのだろう?

口から出かかったきつい言葉をのみ下し、きっぱりと答える。「順調よ、すこぶるね」

するとアレジャンドロは、食い入るように彼女の目を見つめた。「じゃあ、帰国するのはいつごろになるのかな?」ドアの取っ手をぐっと握りしめる。

「えっ? そんな……わからないわ」

「でも、まだだよな」アレジャンドロがつめ寄ってきた。なぜそんなことを気にするのだろう?

ふとエマのことが頭に浮かび、合点がいった。

それと同時に気づいた。私はこの数時間、娘のことを考えもしなかった。なんと不埒《ふらち》な母親だろう。

「それはセニョーラ・シルヴェイラにきくべきじゃないかしら?」彼に好き勝手なことを言わせておく必要はない。「帰るんじゃないの?」

「えっ、ああ《ケィ》、もちろん《クラロ》さ」アレジャンドロははっとした。彼女はこの妙な会話を早く終わらせたがっているのだ。「話はまた明日だ、いいね《シン》?」

「あなたがそうしたいなら」

「ああ」アレジャンドロは重苦しい声で言い、今度こそドアを開けた。「おやすみ《ボア・ノイチ》、イザベラ」そして言い添えた。「そんなに僕を嫌うなよ、な?」

イザベルは驚いた。「嫌ってなんかいないわ」なぜ、そんなことを言うのかしら？　だがアレジャンドロは、皮肉めいた笑みを投げかけ、無言のままドアを閉めた。

13

アレジャンドロがふたたびヴィラ・ミモザを訪れることができたのは、それから二日後だった。

イザベルの部屋を訪ねた翌日は、リオへ飛んで株主総会に出席しなければならず、その晩も家族でのディナーに引っぱりこまれた。そんなわけで、その翌日の午後になって、ようやくモンテヴィスタに舞い戻ることができたのだ。

その晩のうちに車でポルト・ヴェルデまで出向こうかとも思った。だが、先日イザベルと気まずい別れ方をしたので、次に会うのは日中のほうがいい、と考え直した。

こちらに対する彼女の本当の気持ちがわかるまでは、ある程度の距離を保っておいたほうが賢明だし、嫌な思いもせずにすむだろう。

アレジャンドロは四六時中イザベルのことを考えていた。あのとき彼女が先に起きて部屋を出た理由を、自分は早合点してしまったのかもしれない。あんな態度をとって、嫌われてしまっただろうか？

いずれにせよ、二人が互いに歩み寄れる余地はまだある。ほかのことはともかく、娘のためならば。父親として名乗り出るのは、エマがもっと大きくなって、ものがわかってきてからのほうがいいだろうが、やはり連絡はとりつづけたい。

インターネットというのは本当にありがたいものだ。ああいった手段がなければ、イザベルと再会することも、自分の子を彼女が産んだらしいという情報を入手することもなかっただろう。

あれはある退屈な午後、リオのオフィスでふと一時の感情に駆られ、彼女の名前を検索してみたときのことだった。まったく思いがけないことに、『ライフスタイル』誌に記事を書いているイザベル・ジェイムソンという人物が一瞬にして見つかった。

それがあのイザベルであることは、その雑誌社のサイトに載っている顔写真を見てすぐにわかった。

おまけに、そこには略歴も載っていた。イザベルにはエマという幼い娘がおり、その子が生まれたのは、あろうことか、彼女を抱いたあの忘れられない夜からちょうど九カ月後だったのだ。

当初は大きな憤りを感じた。娘がありながらいまだ父親の役割を果たせずにいるのは君のせいだ、とイザベルをなじってやりたかった。派遣した調査員が電子メールで送ってきた写真を見て、エマは自分の娘だと確信すると、イザベルに直接会って父親としての権利を主張したいという思いに駆られた。

もちろん、時がたつにつれてアレジャンドロも慎重になり、いきなりイザベルに会いに行くのは危険だと悟った。そこで、アニータにインタビューを受けさせようと思いついたのだ。

アニータには真実を打ち明けるべきだったのかもしれない。けれど、ミランダの死後ますます義理の息子を頼るようになった彼女が、こちらの思惑を受け入れてくれるとは思えなかった。

アニータはミランダのことをだいぶ忘れたふりをしている。だが、娘が結婚したことは、彼女にとって心の慰めだった。ミランダが最後までドラッグをやめられず、罪悪感ゆえにアレジャンドロと結婚したことを考えれば、それもばかげた話だが。

ならば、僕はなぜミランダと結婚したのだろう。父親が病気でなければ断っていただろうか？　あれはお互いを憐《あわ》れみ合った末の結婚だったのか？　自分ならこの状況を救えるかもしれないと考えて結婚したのなら、それは失敗だったと言わざるをえない。

しかし、それもみな過ぎたことだ。あの事故はミランダのせいではない。悪いのは僕だ。僕が彼女を車から降ろすべきだったのだ。

もちろん、カブラル家の人間はそう考えてはいなかった。父は、息子をミランダとかかわらせた自分をけっして許さなかった。そして、息子が二度と子供を作れない体になったことを結婚後に告白したときには、激しい衝撃を受けた。

ヴィラ・ミモザの大きな門が前方に見えてきた。アレジャンドロは私道に入った。アニータとイザベルは互いに反感をいだきつつもうまくやっているだろうか、と考えながら。

「で、これからどうするの？」

オリヴィアはヴィラーズの馬具収納室の奥からイザベルを見つめた。叔母とエマは馬の鞍《くら》にオイルを塗っているところだったが、エマは手だけでなく、そこらじゅうをオイルまみれにしていた。

イザベルは屈《かが》んで娘の指を拭《ふ》くと、やるせないため息をつきながら叔母を見上げた。

「わからないわ。だからきいているんじゃない。もう一度彼と連絡をとってみるべきだと思う？」

オリヴィアは首を振った。「あなた自身はどうしたいのよ？　もう一度会いたいの？」

「それは当然でしょう」イザベルはもどかしげに言った。「だけど、複雑な事情があるし」

叔母は肩をすくめた。「彼と、なるようになったわけ？」

「オリヴィア叔母さんったら！」

「そんなふうに食ってかかるけど、複雑な事情なんて、私にはそれしか思いつかないわ」

「彼はエマのことがあるからインタビューを仕組んだだけなんじゃないか、と思うの」

「シルヴェイラとかいう女性にキャンセルされたインタビューね」叔母は乾いた口調で言った。「ばかね、イザベル。帰る前に何がなんでもアレジャンドロに会ってくればよかったのに」

「どうしたらそんなことができるのよ？」イザベルはいきり立った。「モンテヴィスタへの道順もわからないし、彼の電話番号さえ知らないのよ。おまけに、アニータからは即刻出ていけと言われたし」

「そりゃそうでしょうね！」叔母は肩をすくめた。エマからオイルの瓶を取り上げ、べたべたになった小さな手を取る。「おいで。その手を洗ったら、お昼にしようね」

「オリヴィア叔母さん……」

「エマの手はママが洗ってくれるの」エマは身をよじってオリヴィアの手から逃れると、母親のコートをつかんだ。「洗ってくれるでしょう、ママ」

イザベルはミディ丈のダスターコートに油染みをつけられ、顔をしかめた。そんな淡い色の服を着て厩《うまや》に来た自分が悪いのだが。「もちろんよ」これ以上汚されないよう、娘の手をつかむ。「みんなで家に戻りましょう」

三人は、前の晩に降り積もった雪の中を四苦八苦しながら家に向かった。もう二月の半ばだが、厳しい寒さの緩む気配はない。

イザベルはコートの前をかき合わせた。暑いブラジルから戻ってきたので、寒さがいっそう身にしみる。いやな咳《せき》も、ようやく治まってきたところだ。

納屋を迂回《うかい》し、低木の生け垣の内側に入ったところで、イザベルは私道に黒のアウディが止まっているのに気づいた。大型の四輪駆動だ。隣に駐車してあるイザベルの日本車が貧弱に見える。

「あら、誰の車かしら？」オリヴィアが気遣わしげに言い、キッチンとつながったブーツ置き場に入ったところで舌を鳴らした。「わかった、トニー・エイトケンが来てるのよ。彼に会えたらあなたも喜ぶだろう、ってノーラに言っておいたから」

「冗談でしょう！」イザベルはエマのつなぎを脱がせながらうめいた。「勘弁してよ、オリヴィア叔母さん。どうしてそんなことを言ったの？」

「だってあなたったら、ブラジルから帰ってきてからずっと何もせずに家でふさぎこんでるじゃない」

「帰国してからずっと、風邪をひいて咳が出ているんだもの」イザベルはむっとして叫んだ。

「いつまでそうしているつもり？」叔母は冷たく言い放った。「何があったか知らないけれどね、イザベル、もうアレジャンドロと会わないのなら――」

「そんなことは言ってないでしょう」

「言ったも同然よ」叔母は頑として引き下がらなかった。「とにかく、別の男性と過ごす時間を作ったほうがいいと思うわ。あなたの言っていたような〝複雑な事情〟を抱えていない男性とね」

イザベルはため息をついた。「叔母さんにはわからないのよ」

「やっぱり彼と一夜をともにしたのね」叔母は得意げな顔をしたかと思うと、眉をひそめて言った。「今度はちゃんと避妊したんでしょうね？」

ちょうどそのとき、運よくエマがブーツにつまずいて転んだ。イザベルはわっと泣きだしたエマを抱き寄せ、赤くなった顔を娘の髪に埋《うず》めて隠した。

「大丈夫よ」イザベルは娘をひしと抱きしめた。まだまだ赤ちゃんのようなその匂《にお》いがいとおしい。「いらっしゃい。ミセス・コリンズの引き出しにチョコレートが入っていないか見に行きましょう」

こうして、さしあたり叔母からはそれ以上のことを言われずにすんだ。イザベルはエマを抱き上げてキッチンのドアを開け、中に入った。大型オーブンのおかげで広い調理場は暖かかった。

通いの使用人であるミセス・コリンズがこちらを向いた。コーヒーをいれているところらしい。「ご主人様にお客様がいらしてます」彼女が言う。「コーヒーを出してほしいとのことでしたので」

「まあ、ありがとう」オリヴィアはミセス・コリンズの作業を肩越しにのぞきこんだ。

「うーん、いい香り。あとは私がやりましょうか？」

「助かります。関節痛がひどいので。本当にいいんですか？　イザベル様も手伝ってくださるんでしょうか？」

「この子の手を洗ってやってからね」イザベルは彼女にエマの手を見せた。これで、トニーと叔父のところに行くのを遅らせることができる。

「じゃあ、こちらに！」ミセス・コリンズはそう叫び、エマを招くように両手を広げた。

「特別な石鹸《せっけん》があるのよ、エマ。きれいに洗ったらチョコレートが待ってるんだけど、どうかしら？」

　エマはうなずくと、身をよじって母親の腕から抜け出し、ミセス・コリンズに抱っこされて隣の洗面所へと向かった。「じゃあね、ママ」イザベルは叔母とともに廊下に出るしかなかった。

「大丈夫よ」イザベルの引きつった顔を見て、叔母が言う。「でも頼むから、失礼のないようにね。彼と結婚してくれと言ってるわけじゃないんだから」

「よかった」イザベルは小声でつぶやいた。叔母が居間のドアを開ける。今はアレジャンドロのことをどうするか考えなければならない。トニーとつまらない話をしている場合ではないのだ。

　男性二人は、あかあかと燃える暖炉を挟んでアームチェアに座っていた。イザベルは彼らにはほとんど注意を払わずに、そちらへ足を進めた。

　オリヴィアがトレーを運んできて低いテーブルの上に置くと、男性二人が立ち上がった。すると、叔母が息をのむ気配がした。

「あらまあ」叔母は見るからにまごついている様子だった。「びっくりしたわ」

　イザベルが振り向くと、男性の声がした。

「すみません、たいていの方は僕の顔を見ると驚いてしまうんです」申しわけなさそうな口調だ。しかしオリヴィアはすぐに取り繕った。

「いえ、そうじゃないの……あなたがあんまり大きいものだから！」叔母が少女のようにくすくす笑うのを、イザベルは初めて聞いた。「てっきりそこにいるのはトニーだと……トニー・エイトケンはイザベルの友人で、あなたほど背が高くないの」

　アレジャンドロは別の男性の名前を出されて顔を引きつらせたものの、なんとか笑みを浮かべてみせた。「イザベラの言っていたオリヴィア叔母さんですね。はじめまして。お会いできてうれしいです」

「こちらこそ……ええと、アレジャンドロでいいのよね？」叔母は舞い上がっている。イザベルは体じゅうの骨が液体と化したように感じながら、その場に立ちつくした。叔母が温かな笑みを浮かべて言う。「姪《めい》をイザベラと呼ぶ人は、ほかにはいないわね」

　アレジャンドロは顔をしかめた。「つい言ってしまうんです。祖母の名前がイザベラなので」

「まあ、本当に？」

叔母はすっかりアレジャンドロの虜《とりこ》になっているようだ。顔の傷にたじろぐどころか、彼の注目を一身に浴びて浮かれている。

一方のイザベルは、自分の目を疑いつつアレジャンドロを見つめていた。ブラックジーンズにダークグレーのカシミヤのジャケット、胸元のボタンを外した黒いシルクのシャツ。見慣れたその姿を前にして、胸がつまる。ああ、なぜ彼がここに？　エマに会うためではありませんように。

イザベルは自分の服に視線を移した。コートの裾《すそ》はエマにつけられた油染みだらけになっている。開いたコートの前からのぞくのは、緑と青のストライプのTシャツと着古したデニムのミニスカートで、流行のファッションとはほど遠い代物だ。

イザベルが視線をアレジャンドロに戻すと、彼は眉間《みけん》にしわを寄せて彼女を見つめた。息が止まり、喉がからからになる。彼は何を考えているのかしら？　今まで叔父と何を話していたのだろう？

そのとき、またドアがばたんと開き、エマが飛びこんできた。ウールのセーターにダンガリーのズボンという姿がなんとも愛らしい。アレジャンドロは今やすっかり魅了された様子でエマを見つめていた。

エマ。僕の娘。僕とイザベルの。ああ、なんて美しいんだろう。髪の色は僕と同じ黒だが、桃のように柔らかそうな肌はイザベルそっくりだ。

娘が入ってきた瞬間、イザベルは顔色を変え、はっと息をのんだ。アレジャンドロには彼女の懸念がよくわかった。こんなかたちで娘と対面する心積もりはなかったのだが、もう手遅れだ。

しかし今、エマの視線はアレジャンドロに注がれていた。エマはまったく物怖《ものお》じせずに彼に近づき、好奇心に目を見開いて尋ねた。「あなた、誰?」アレジャンドロはふと不安に襲われ、胃がよじれるような感覚を覚えた。

「アレジャンドロっていうんだ」彼はエマの目の高さに合わせて身を屈めた。「君は?」

「あたしはエマ」エマはそう答えると、彼の顔を指さした。「それ、なあに? 転んだの?」

アレジャンドロは唇を歪《ゆが》めた。「まあ、そんなところさ」沈んだ声で答える。

「痛い?」

「エマ!」

イザベルと叔母が声をそろえてたしなめたが、アレジャンドロは二人を手振りで制した。

「いいや、お嬢《カーラ》ちゃん」彼は優しく話しかけた。「痛くはないよ。怪我《けが》をしたのはずっと前だから」

エマはアレジャンドロを見つめたまま眉をひそめていたが、ふいに片手を彼の頬へと伸ばした。

「エマったら！」

今度こそ止めなければ、とイザベルは思った。だが彼女が娘の腕をつかむ前に、アレジャンドロはエマが触りやすいように顔を傾けていた。

「硬い！」エマは驚きの声をあげ、赤ちゃんのように柔らかな指で、盛り上がった傷跡をなぞった。「触ってみて、ママ。すっごく硬いから」

アレジャンドロは血の気の引いたイザベルの顔を見上げ、おもむろに立ち上がった。

「すまない。君を困らせに来たんじゃないんだ」

イザベルは喉が締めつけられる思いがした。彼にささやきかける言葉はこれしか見つからなかった。「言ったでしょう、エマは怖がり屋じゃないって」

「そのとおりだったよ」アレジャンドロは声を落としてつぶやいた。「いつかエマに話してやってくれるかな、僕が誰なのかってことを」

14

「帰るんじゃないわよね？」

イザベルはやや取り乱した声で言った。エマが母親の注意を引こうとスカートを引っぱったが、イザベルは娘の要求に応《こた》えるのを初めて後まわしにした。

「今すぐにはね」アレジャンドロがエマを見下ろし、優しく言う。するとエマは彼の手を握った。

「抱っこ」せがまれたアレジャンドロは、耳を疑いつつも、エマを腕に抱え上げた。

「ママはお話し中なのよ、エマ」イザベルは話がそれてしまうのを恐れ、娘をたしなめた。

「あたしだってお話し中なんだから」エマは言い返し、アレジャンドロの顔をあらためて興味深げに見つめた。そして、眉を寄せて考えこんだかと思うと、こう尋ねた。「ポニーから落っこちたの？」

「ミスター・カブラルは、今は別の話がしたいんじゃないかな、エマ」サムは気の毒そうにアレジャンドロを見やると、エマに両手を広げてみせた。「おいで。ママにお話しする時間をあげなきゃな」

エマはアレジャンドロのジャケットにしがみついた。「いやだもん」そう言って口を尖《とが》らせたが、オリヴィアが出てきてその場を収めた。

「お昼を食べる時間よ」叔母はそう言って、ごめんなさいねとアレジャンドロに声をかけると、小さな指を彼から引きはがした。エマを抱え上げ、彼に向かって言う。「昼食を一緒にとりましょう、アレジャンドロ。ごちそうは出せないけど、大歓迎よ」

「ありがとうございます」

アレジャンドロは頭を下げた。三人が居間を出ていってくれたことに、イザベルは感謝した。

「あの……座ったら?」イザベルはアレジャンドロの背後にある椅子を指し示した。彼の脚はもう痛みはじめているにちがいない。

「僕は病人じゃない」アレジャンドロは座ろうとせず、しばらくまじまじとイザベルを見つめていたが、やがて問いかけた。「大丈夫かい?」

「風邪をひいただけよ」イザベルは脚がひどく震えたので、先ほどまで叔父の座っていたアームチェアに腰を下ろした。「いつここに来たの?」目の奥に涙がこみ上げてきて、慌ててまばたきする。「来るんだったら、知らせておいてくれないと」

「なぜ?」アレジャンドロは傷めていないほうの脚に体重を移した。「僕が来ると知っていれば、君はここに来なかったというのか？」

「違うわ！」イザベルは息をのんだ。「会いたかったのよ」口ごもりながら言う。「その……イギリスに帰国した理由をあなたに伝えないといけないし」

「ああ、その話か」アレジャンドロは鼻で笑った。「アニータから聞いたよ」

「アニータから？　信じられないわ。だって、向こうが一方的にインタビューを打ちきったのよ」

「その理由を彼女から聞いたかい？」

　イザベルは深く息をついた。「自分の家に泥棒猫を置いておきたくはない、って。アニータは、私たちが知り合いだったというのが気に入らなかったのよ。あなたと再会するためにこの仕事を受けたんだろう、ってなじられたわ」

「じゃあアニータは、前の晩に僕が君の部屋に行ったのを知っている、とは言わなかったんだな？　窓の外に見張りを置いていた、ということも」

「まさか！」

「ああ《シン》……まさか《メウ・デウス》、って感じだな」

　イザベルは首を振った。「だけど、なぜアニータがそんなことを気にするの？　どう考えても――」

「その先は言うな」彼は語気を強めた。脚の痛みに耐えかね、とうとう空いている椅子の縁に腰を下ろす。「今も昔も、僕にとってアニータは義理の母でしかない。彼女が嫉妬《しっと》しているとすれば、それは娘の評判を傷つけたくないからさ。僕が別の女性と幸せを見つけたなんて、考えたくもないいんだよ」

イザベルはコートを脱ぎ、急に汗ばんできた手のひらで膝をさすった。「別の女性って、私のこと？」聞きとれないほどの小声で尋ねる。

「ほかに誰がいる？　君と再会するまで、僕はもう誰とも深い関係を持つつもりがなかった。アニータもそれを知っていたんだ」

「アニータはエマのことを知っているの？」

「今はね」

「あなたが話したの？」

「もちろんさ。すでに彼女も気づいていたが」

イザベルはふうっと息を吐き出した。「アニータが私を追い出そうとしたのも無理ないわね」

アレジャンドロは渋い表情を浮かべた。「無理ないな。だが君だって、向こうにとどまりたければ、手立てはあったはずだろう」

「どんな手立てがあったと言うの？」

「僕に言ってくれればよかったじゃないか」アレジャンドロはむっとした声で言った。

「僕は君にとって、そういうときに思い浮かびもしないほどささいな存在なのか？」

イザベルは勢いよく立ち上がった。「ばかなことをきかないで。答えはわかっているくせに」こらえようと思っても、また目の奥がつんとしてくる。「どうやってあなたと話せたっていうの？　アニータにあなたの電話番号なんてきけないでしょう！」

アレジャンドロは琥珀《こはく》色の目を陰らせ、探るような視線でイザベルを見上げた。「タクシーを呼んでエスタンシアに来ようとは思わなかったのか？」

「そんなこと、できるわけないじゃない」イザベルは驚いて彼を見つめた。「あなたにまで追い返されたら、どうすればいいの？」

アレジャンドロは口元をこわばらせた。椅子の腕に両手をかけ、決然と立ち上がる。「追い返したりするもんか」彼は息巻いた。「君は僕の娘の母親だぞ。僕が持てる唯一の子供の母親なのに」

イザベルは目をしばたたいた。「どういう意味よ？」

「どういう意味だと思う？」アレジャンドロは焦《じ》れたように身じろぎした。「あの事故でだめになったのは体の外側だけじゃない、内側もなんだ」

「まあ、アレジャンドロ！」イザベルはようやく事情がのみこめてきた。「だから、よりを戻そうと躍起になっていたのね？」

「どういう意味だ？」今度は彼がつめ寄った。

「あなたが大切に思っているのは私じゃないということよ。そうでしょう?」イザベルは声をつまらせた。涙がとめどなくあふれてくる。「あなたが求めているのはエマなのよ。自分の子を手に入れるためなら、どんなことでもするつもりなんだわ」

アレジャンドロは一歩下がり、その長い指で髪をかき乱しながら、信じられないといった目でイザベルを見つめた。「本当にそう思っているのか?」

イザベルは自分でも、本当にそうなのかわからなかった。かっとなってアレジャンドロを責め立てはしたが、心の奥では、彼が求めているのがエマだけではないことを願っていた。

「だって……」濡《ぬ》れた頬を手のひらの付け根で拭《ぬぐ》う。「私がブラジルに行く前から、あなたはエマのことをあれこれ知っていたでしょう? あの子の存在を知らせなかった私を責めたくせに」

「君が知らせてくれなかったのは事実だ」アレジャンドロは冷静に指摘した。「だが、考えてみれば、君ばかりを責めることはできないな」

「あら、それはどうも!」

イザベルが鼻をすすりつつ言うと、アレジャンドロは声を荒らげた。「ふざけるな。僕たちの間には、娘のほかにも大切なものがあるじゃないか。君もわかっているだろう」

「私も?」イザベルは手の甲で鼻をこすった。ああ、もっと落ち着いて話せればいいのに。

「証明してほしいのか？　だが、そのラグマットに君を押し倒して熱く激しく抱き合ったりしたら、叔父さんも叔母さんもよくは思わないだろうね」

「からかわないで」

「からかっているわけじゃない」

イザベルは噛《か》み合わない会話に耐えられなくなり、首を振って背を向けた。「そうね、あなたが私を思うままにできるのはわかっているわ」もごもごとつぶやく。「私は、キスひとつであなたの言いなりになってしまうでしょう？」

「そうなのか？」アレジャンドロの声が突如として深みを増した。彼は温かな手でイザベルの肩をつかみ、その筋骨たくましい体に彼女の背中を抱き寄せた。「それは初耳だな、いとしい人《カーラ》。僕は君にとって、いったいどういう存在なんだ？」

イザベルは力なく首を横に振った。「わかっているくせに。ずっと前からわかっているくせに」

「いいや」アレジャンドロは声をかすらせ、彼女の耳元でささやいた。「わからなかったよ。はっきり言ってくれ、カーラ。なぜ泣くんだ？　僕を思ってくれているからかい？　それとも、ぼくが君からエマを奪おうとしていると思っているのか？」

「奪おうとしているの？」イザベルが不安になって尋ねると、アレジャンドロはやれやれと首を振った。

「きかなきゃわからないなんて、僕のことを何もわかっていない証拠だな」アレジャンドロはぶっきらぼうに言ってイザベルを放した。「安心したまえ、エマは大丈夫だ。僕はあの子の……いや、君の前途を脅かすような真似《まね》はしない」アレジャンドロは椅子の背にかけておいた黒いコートを手に取った。「叔母さんに伝えてくれ。お誘いはありがたいが、僕はもう――」

「行かないで！」

イザベルは彼からコートを取り上げてほうった。

「お願い」そう言うイザベルを、アレジャンドロは身動きもせずにただ見つめている。

「ごめんなさい。本当はわかっているの、あなたは私を苦しめたりしないって」下唇を噛みしめ、鼻をすする。「ただ……嫉妬していただけなのよ」

「嫉妬？」アレジャンドロは黒い眉をひそめた。

「ええ」イザベルはつかのま口をつぐんでいたが、やがてまた話しはじめた。「エマにね。だって、あの子はあなたに愛されているでしょう。私と違って、あなたに大切に思われているんだもの」

アレジャンドロはいきりたった。「どうしてそんなことが言える？」

「あら、疑う余地もないでしょう？　だって……」イザベルは慎重に言葉を選んだ。「あなたは退院後もイギリスに来てくれなかったし」いったん間を置き、言うのも辛《つら》い言葉を口にした。「それに、ミランダと結婚してしまったのよ、覚えてる？」

「忘れられると思うかい？」アレジャンドロはしみじみとつぶやいた。「まいったな《メウ・デウス》。僕がもう君に会う気がなかったと、本当に思っているのか？」

「じゃあ、どうして会いに来なかったの？」

「言わなきゃわからないのかな？」アレジャンドロはしかめっ面をした。「退院したころは、正気で僕なんかと一生をともにしたがる女性などいやしない、と思っていたんだ」

「そんなの、ばかげてるわ！」

「そうかな？　まあ、当時は理性的にものを考えられなかったからな」アレジャンドロはため息をついた。「それに、僕たちは深い関係になったとはいえ、お互いのことをよく知らなかった。僕みたいなお荷物を抱えてくれなんて、君に頼めるわけがないさ。あんな気まずい別れ方をしたんだし」

「お父様からの電話のこと？」

「ああ、あの電話だ」アレジャンドロは深く息を吸った。「君には会社の用件だと言ったが、本当はミランダについての電話だったんだ。彼女は薬物依存症だったんだよ。薬を断ちきるため、施設の入退所を繰り返していたが、結局やめられなかった」

　イザベルはしばらく黙りこんでいたが、やがて声を落として言った。「知らなかったわ」

「知るわけがない。アニータがひた隠しにしていたんだから。完治は絶望的だなんて、僕の家族でさえ受け入れがたいことだったからな」

「アニータとはすでに知り合いだったの？」

「ああ。僕たちが子供のころから家族ぐるみの付き合いをしていたからな」唇を歪《ゆが》ませる。

「あの晩、父が僕に帰ってこいと電話をかけてきたのは、アニータに急《せ》き立てられたからなんだ。アニータは、ミランダを正気に返らせることができるのは、もう僕しかいない、と考えたらしい」

「それで、正気に返らせることはできたの？」

「いや」アレジャンドロは平坦《へいたん》な口調で言い、一瞬ためらったのちに続けた。「それに、あの事故のあとは……」うんざりしたように肩をすくめる。「心配事がほかにもいろいろできたしな」

「でも、それなら、なぜ彼女と結婚したの？」

「それは……」アレジャンドロは渋い顔をした。「何度も繰り返し自分に投げかけてきた問いだ。事故後に父がまた心臓発作を起こしたし、周囲が二人の結婚を望んでいたし、父が孫をほしがっていたのに、僕にはまだ子供がいなかったからな」

「お父さんに言わなかったの？　子供はもう……」「もうできないんだ、と？　そのとおりさ」アレジャンドロは自虐的に笑った。「結婚するまでそのことは公にしなかった」

イザベルは眉間《みけん》にしわを寄せた。「ミランダを愛していたの？」

「好きだったよ」アレジャンドロは素直に認めた。「さっきも言ったように、子供のころからの知り合いだったから」一瞬口ごもる。「ミランダは母親の自慢の娘になろうと必死だったし、みんなも僕の傷をまったく憐《あわ》れまなくなった」

「アレジャンドロ……」

彼女に呼ばれた名前の官能的な響きに、アレジャンドロの五感はくらくらした。彼はイザベルの顎に指を添え、自分のほうを向かせると、焦れているのを隠そうともせず、親指の腹で彼女の下唇を撫《な》でた。

しかし、まだ話さなければならないことがある。

「だが、退院したときに醜い怪物のような姿で君を訪ねていったら、どんな反応が返ってきたと思う?」アレジャンドロは思いきって言った。「追い返されていたかもしれない」

「追い返したりなんかしないわ!」

「しない?」アレジャンドロはしげしげと彼女を見つめた。「ああ、そうか、僕の子供を宿していたからな。それなら状況も違ってくる」

「妊娠していたことなんて関係ないわ」イザベルは歯がゆそうにため息をもらした。「私が好きなのはあなたの外見じゃない。あなた自身なのよ!」

「ならば、僕たちの間には本当の意味での確かな結びつきがあると思うか?」

「あなたは思わないの?」イザベルの全身を震えが駆け抜けた。アレジャンドロはふと、会わなかったこの数週間で彼女がずいぶん痩《や》せたことに気づいた。「私は思っていたわ、あのときも、アニータの別荘《ヴィラ》で再会したあの夜も」彼女は切々と訴えた。「なのに、あなたったら何も言ってくれないんだもの」

「そうだな。僕たちはずいぶんまわり道をしてしまったな、カーラ」アレジャンドロは瞳を陰らせた。

うなじに手のひらをあてがわれたイザベルは、かすかに息苦しさを覚えた。彼に触れられると、ほかに何も考えられなくなる。「それにしても、ここに来る決意をするまでにずいぶん時間がかかったわね」彼の額に垂れたつややかな黒髪を、震える手で撫でる。「それについて何か言うことはないの？」

アレジャンドロは笑った。彼女の手を取り、情熱的に唇を押しあてる。「信じてくれ、愛する人《ケリーダ》。君が僕に会いたがっているとわかっていれば、カルロスの育てた馬がそろって立ちふさがっていたとしても、ここに駆けつけていたよ」

アレジャンドロはそっと唇を触れ合わせたかと思うと、イザベルの唇に人差し指を当てた。

「残念だな。君がたまらなくほしいよ、実のところ《アコンテシ・ケ》。だが、ここは僕の家じゃない。君の家だ」

「エマの家でもあるわ」イザベルがささやくと、アレジャンドロは我慢できずに彼女を抱き寄せた。

「僕たちの娘だ」アレジャンドロは深く感じ入りながら言った。「エマは僕を許してくれるだろうか。突然あの子の生活に踏みこんでいく僕を」

「大丈夫、きっと慣れるわよ」イザベルは明るく答えた。「あなたがエマに会う気になってくれて、本当によかったわ」

「じかたないじゃないか」アレジャンドロは率直に言った。「あの子の母親なしでは、僕は生きていけないと気づいたんだから」両手でイザベルの顔を包みこむ。「愛してるよ、ケリーダ。これでエマも僕を見直してくれるんじゃないかな」

エピローグ

六カ月後。イザベルは大牧場《エスタンシア》の家のバルコニーに出て、温かな日差しを肌で感じていた。バルコニーからの眺めには、いつだって心を奪われた。遠方の山々、日の当たる高原や平原、川の流れる谷、そして、どこまでも広がる大地。

イザベルは体を大きく反らし、日にさらした喉から胸、その頂、そして、みぞおちの下のかすかなふくらみを撫《な》で下ろした。毎朝少し吐き気はするが、いまだかつてこれほど健やかだったことはない。きっと、幸せだと人間はそうなるのだろう。今、彼女はこれまでの人生で最高の幸せを感じていた。

背後の物音を聞きつけ、肩越しにそちらを見やると、夫がフレンチドアから入ってくるところだった。

アレジャンドロのにこやかな目には、今やイザベルは自分の妻であり、誰も二人を引き離すことはできないのだという満足感が表れている。

「君がいなくなって寂しかったよ」彼は妻の肩に鼻をすり寄せ、後ろからひしと抱きしめた。「起きるにはまだ早い。ベッドに戻らないか?」

イザベルは肩を上げて彼のキスを受けると、優しく言った。「服を着たほうがいいんじゃない?」

「時間の無駄さ」夫はかすれ声で切り返した。「また脱がなきゃいけなくなるんだから、愛する人《ケリーダ》」

イザベルは柔らかな笑い声をあげた。「それについてはあなたを見習わないほうがいいわね」しかしアレジャンドロは、妻のサテン地のガウンを肩からすべらせ、かぐわしい肌に歯を立てた。

「そうだ《シン》な」彼が肩に歯を立てたまま言う。「それにしても君は美しい、いとしい人《カーラ》。僕は男性の使用人たちから妬《ねた》まれやしないだろうか」

イザベルは快感に思わず息をのんだ。「こんなところで、恥ずかしくないの?」声を震わせつつささやくと、彼は明るく笑った。

「ああ、君といるところを誰に見られてもかまわない。君がそうさせるんだよ、君とエマが」

イザベルは満ち足りたため息をもらし、考えこむように言った。「エマが元気でやっているといいんだけれど」娘は今、リオにあるアレジャンドロの実家にいるのだ。新しくできた祖父母に何かとかまってもらえるのが、うれしくてしかたないらしい。

「エマはカテリーナともけっこう仲よくなったようだな」アレジャンドロはふいに顔をしかめた。「あの二人はあんまり似すぎていて、お互いとまどってしまうんじゃないだろうか」

イザベルはうなずいた。「カテリーナの写真を見せられたときの私の怒りようを覚えてる？」

アレジャンドロは忍び笑いした。「もちろんさ」

「自分に娘がいると知って、かなりショックだったでしょうね」イザベルは夫の首にするりと腕をまわし、爪先立ちになって体を密着させた。「あの子の存在を隠していたこと、もう許してくれた？」

「ああ、カーラ。君のすることなら、僕はなんだって許すさ」アレジャンドロは身を屈《かが》めてイザベルの耳たぶを唇で挟み、歯を立てた。彼女は鋭くも甘美な痛みを覚えた。「いまだにときどき信じられなくなるんだ、ふたたび君と結ばれたなんて」

「ああ、愛する人《ケリード》！」

イザベルは夫が喜ぶと知っていて、あえて彼の母国語で呼びかけた。ポルトガル語は勉強中だ。

ふいにアレジャンドロが、熱を帯びた唇で貪《むさぼ》るようなキスをしてきた。わき上がる喜びに頭が働かなくなり、すっかり欲望に目覚めた体がほてりだす。だが、激しくうずく興奮のあかしがみぞおちに当たるのを感じると、イザベルは我に返った。

「誰かに見られるかもしれないわ」

「見せておけばいいさ」アレジャンドロはそう言ってのけると、妻のガウンの中に両手を滑りこませ、むきだしの体を抱き寄せた。「ああ《デウス》、こんなに誰かを愛せるとは思わなかったよ、僕の愛する人《ミ・アモール》」

イザベルはほほ笑み、彼のつややめく豊かな髪に指を滑りこませた。「うれしいわ。だって、私もあなたを愛しているんだもの」そして、顔をしかめながら言い添えた。「ほんのちょっとだけど」

アレジャンドロが抗議の声をあげる。「ほんのちょっとだって？」するとイザベルはふたたび爪先立ちになり、彼の唇の端にそっとキスをした。

「〝とっても〟よ、本当はね。でも、あなたが思い上がって浮気をしたりしたらいやだもの」

「そんなことをするわけがないだろう」アレジャンドロは顔をしかめた。「僕たちの間に隠し事はないんだから」

「本当に？」イザベルがいぶかしげに眉を上げると、アレジャンドロは当惑の表情を見せた。

「本当さ」

「ふうん」イザベルはしばし考えこんだ。「事故が起こったときに車を運転していたのはミランダだったって、教えてくれなかったじゃない」

アレジャンドロはうめいた。「カルロスから聞いたんだな？　だが、それがなんだっていうんだ？」

「私にとっては大問題よ」イザベルは少し感情的になって、涙ぐんだ。「あなたのその心意気は立派だけれど、立派すぎるのもどうかと思うわ」

「勘弁してくれよ。僕は英雄なんかじゃない。あの晩、ミランダが車の運転席に乗りこんできたとき、僕は彼女を引きずり降ろすべきだったんだ」

「だったら、どうしてそうしなかったの？」

「ああ……」アレジャンドロは重苦しいため息をもらし、片方の手のひらを妻の頬に添えた。「ミランダは言ったんだ。自分は潔白だ、ドラッグを使用していないことを証明したい、と。僕は浅はかにも、彼女の言うとおりにさせてしまった」

「それで、どうなったの？」

アレジャンドロは首を振った。「もちろん彼女は潔白じゃなかった。車が走りだしてすぐに気づいたよ。だが、停《と》めろと言っても彼女は聞かなかった」

「まあ……」

「たちまち事故になった」彼はそのときの状況を思い出し、瞳を曇らせた。「ミランダはすっかり自制心を失って暴走し、車ごと峡谷に突っこんだんだ」

「なんてこと！」イザベルは彼の胸に顔を押しつけ、その香りを吸いこみながら、恐ろしさに体を震わせた。「死んでいたかもしれなかったのね」

「ああ」アレジャンドロはまたもや顔をしかめた。「それから数カ月間は、いっそ死ねばよかったと思うことが何度もあったよ」

「生きていてくれて本当によかったわ」イザベルが言葉に力をこめる。アレジャンドロは妻の熱い涙が胸を濡《ぬ》らすのを感じた。

アレジャンドロはイザベルに上を向かせ、その涙を親指で拭《ぬぐ》った。「だから、君と一緒にいられるのは思いがけない奇跡なんだ」低い声でつぶやく。「君が僕の人生をすっかり変えたのさ」

「あなたも私の人生をすっかり変えたわ」ささやくイザベルに、アレジャンドロはふたたびキスをした。夫の腕に抱かれているだけで、幸福感が胸に満ちあふれる。イザベルは喜びに浸った。

アレジャンドロは我慢の限界に達してうなり声をあげると、妻の手をつかみ、寝室に連れ戻した。広いベッドに彼女を下ろし、上から覆いかぶさる。

独占欲むきだしの夫の行為にそそられたイザベルは、体を弓なりに反らし、彼の腰に脚を巻きつけて、自分の中へと招き入れた。

アレジャンドロは喜びの声をあげ、燃える興奮のあかしで力強くイザベルを満たして、彼女の内部に欲望の火を焚《た》きつけた。一緒にいると、いつも二人は情熱の炎に抗《あらが》うことができなくなるのだ。

上りつめて果てたあと、アレジャンドロはまぶたが重くなるのを感じつつも、傍らにいる妻を誰にも渡さないようその体にしっかりと腕をまわしていた。イザベルはそっとささやいた。「ねえ、あなたはもう子供を作れない体になったと言うけれど、お医者様は実際にはなんておっしゃったの?」

アレジャンドロはうめいた。「答えなきゃいけないのか?」しっかりと目を開け、懇願するようにイザベルを見つめる。「また今度にしてくれよ」

「だめよ、今、知りたいの」イザベルは怒ったように言った。

「まいったな《デウス》!」アレジャンドロは背中からばたりと倒れ、観念したように天井を見つめた。「前にも話したけど、僕は内臓にも障害を負ったんだ。そのせいで、元気な精子を生み出すことができなくなったんじゃないか、と言われたよ」アレジャンドロはそう話しながらかすかに頬を紅潮させていたが、ふいに身構えたような目でイザベルを見つめた。「それがなんだ? 僕には君がいる。エマもいる。それで充分さ」

「そうなの?」

「そう思うしかないだろう」アレジャンドロの口調が険しくなった。「君が、何かほかにほしいものがある、と言うなら別だが」

イザベルは唇に舌先をちらりと走らせた。「たとえばどんなもの？」すると夫は小さく毒づいた。

「考えられるものはいろいろあるさ」ぶっきらぼうに答える。「エマのほかに子供が欲しいとか」

イザベルはほほ笑んだ。「そうね、子供はもっとほしいわ」それを聞き、アレジャンドロはみぞおちをナイフで刺されたような衝撃を受けた。だがイザベルは話しつづけた。「あなたの子供が欲しいの、ケリード」夫が顔を曇らせるのを見て、イザベルはかわいそうになった。「このまま順調にいけば、五カ月後には二人目の赤ちゃんが生まれるし」

初めはいぶかしげにしていたアレジャンドロがやがて呆然《ぼうぜん》とし、しまいには驚嘆の表情を浮かべた。

「ということは……」

イザベルは夫に代わって言葉を継いだ。「私たちの赤ちゃんが生まれるってことよ」誇らしげに言う。「お医者様もときには判断を誤るみたいね」

五カ月後、アレジャンドロとイザベルの息子は、彼が家族のために買った家で生まれた。場所はリオのサンタ・テレサ地区、部屋数が三十を超える大邸宅だ。その家の窓から見るグアナバラ湾《バイア・ジ・グアナバラ》の眺めが、イザベルは大好きだった。

家族みんなの家、これからまた子供を授かるかもしれない家だ。アレジャンドロは相変わらず〈カブラル・レジャー〉の経営指揮を執っているが、妻子と過ごす時間をできるだけ増やすため、かつて担当していた仕事の多くを弟に委託していた。

エマはブラジルでの生活をとても気に入っていた。アレジャンドロはまだ娘から〝パパ〟と呼ばれてはいないが、エマにとって大きな存在となっている。イザベルが妊娠して以来、二人は仲のよい友だちのような関係になった。エマは、いつになったら弟か妹が生まれてくるのかと、ひっきりなしに尋ねた。

イザベルは医師に、おなかの子の性別は知らせないでほしいと頼んでいた。それは家族全員にとってのお楽しみにしておきたかったのだ。ジョゼの妻でありイザベルの義理の妹でもあるマリアンナは、今やイザベルの親友だ。イザベルの妊娠発覚後まもなく、マリアンナも子供を身ごもった。

アレジャンドロは息子の出産現場に立ち会った。息子を最初にイザベルの腕に抱かせてくれたのも、彼だった。「見えるかい？　とてもハンサムな子だよ」

「父親そっくりね」イザベルはしみじみと言った。

「それより、君の」アレジャンドロは、汗で湿ったイザベルの髪を額からのけてやりながら言った。「気分はどうだい？　それがいちばん心配だ」

イザベルはふたたび笑みを浮かべた。「気分は最高よ……とても楽なお産だったし！心配ないって言ったでしょう。私は見かけより強いのよ」

アレジャンドロはいとおしげにイザベルを見つめた。この美しいイギリスの女性を妻にできたことを、神に感謝していた。もはやイザベルなしの人生など考えられない。彼女と一緒だと本当の自分になれる気がする。このうえなく満たされた気分になるのだ。

「お義母様《かあさま》とオリヴィア叔母さんに電話で知らせてあげてちょうだい」ややあってからイザベルは言った。アレジャンドロの両親は、今、エマの面倒を見てくれている。産後数週間は、叔父と叔母がこちらに来てイザベルを助けてくれるだろう。

「奥様を少し休ませてあげないと、セニョール」出産を担当したドクター・フェルナンデスが申しわけなさそうに言う。「また会えますから。セニョーラ・カブラルが少し睡眠をとったあとで」

アレジャンドロはためらった。だが、イザベルは夫の手を握りしめて言った。「先生のおっしゃるとおりだと思うわ、ケリード」彼女の腕から看護師が息子を取り上げた。「アニータにも電話してね。彼女がほかの誰かから知らされる前に伝えたいの」

「君は優しすぎるよ」アレジャンドロは乾いた口調で言った。「とはいえ、彼女が僕たちを結びつけてくれたことには感謝しないとな」

「最近は彼女もとても優しくしてくれているのよ」

「それは、家に子供がいるというのがどれだけすてきなことか気づいたからさ」

まさにそのとおりだった。アニータはエマに会ってからすっかり変わった。だが、エマならきっと誰の心も虜《とりこ》にしてしまう。アレジャンドロは誇らしげにそう思った。生まれたばかりの息子も、じきにそこらじゅうの女性を泣かせるようになるだろう。

「もう行かないと」担当医が夫の背後で気を揉《も》んでいるのに気づき、イザベルは言った。「でも、すぐに戻ってきてね。少したったら私も起きるし」

「君がそう言うなら」

だがアレジャンドロは、急いで立ち去りはせず、イザベルに長く温かなキスを贈った。

これが僕の家族だ、と改めて感動を覚える。僕は本当に幸せ者だ。いや、世界一の果報者にちがいない。

●本書は、2010年5月に小社より刊行された作品を文庫化したものです。

拒絶された億万長者

2022年12月1日発行　第1刷

著　者　アン・メイザー

訳　者　松尾当子（まつお　まさこ）

発行人　鈴木幸辰

発行所　株式会社ハーパーコリンズ・ジャパン
東京都千代田区大手町1-5-1
03-6269-2883（営業）
0570-008091（読者サービス係）

印刷・製本　中央精版印刷株式会社

 ISBN978-4-596-75533-9

11月25日発売　ハーレクイン・シリーズ 12月5日刊

ハーレクイン・ロマンス　愛の激しさを知る

放蕩貴公子とエマの結婚《純潔のシンデレラ》	アンディ・ブロック／中村美穂 訳
月夜の秘密の授かり物	マルセラ・ベル／片山真紀 訳
過去をなくした天使《伝説の名作選》	リン・グレアム／山田有里 訳
シチリアの苦い果実《伝説の名作選》	ルーシー・モンロー／高浜えり 訳

ハーレクイン・イマージュ　ピュアな思いに満たされる

王子に選ばれた花売り娘	エリー・ダーキンズ／深山　咲 訳
奇跡が街に訪れて《至福の名作選》	ジェニファー・テイラー／望月　希 訳

ハーレクイン・マスターピース　世界に愛された作家たち～永久不滅の銘作コレクション～

領主館のアメリカ人《特選ペニー・ジョーダン》	ペニー・ジョーダン／三好陽子 訳

ハーレクイン・ヒストリカル・スペシャル　華やかなりし時代へ誘う

がちょうの乙女の忍ぶ恋	キャロル・アレンズ／高山　恵 訳
闇夜の男爵と星のシンデレラ	デボラ・ヘイル／吉田和代 訳

ハーレクイン・プレゼンツ作家シリーズ別冊　魅惑のテーマが光る極上セレクション

拒めない情熱	リン・グレアム／西江璃子 訳

HARLEQUIN2022 X'mas

才能あふれる作家が
日本デビュー！

がちょうの乙女の忍ぶ恋

キャロル・アレンズ

継母から小間使い同然に扱われているアンナ・リーゼ。
そこへ子爵となった初恋の人ピーターが20年ぶりに現れる。
だが、愛する彼は花嫁選びを頼んできて…。
(PHS-292)

12/5刊

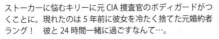

ハーレクイン文庫

「天使の聖なる願い」

キャロル・モーティマー／青海まこ　他　訳

オリビアの部屋の真上に住むプレイボーイ、イーサンに赤ん坊を押しつけて、若い女性が走り去った。オリビアは彼にその赤ん坊を任され、ぽつんと取り残される。

「愛を拒むひと」

エマ・ダーシー／三好陽子　訳

マギーは婚約者と別れた。本当に愛しているのは上司のイアンだから。だが彼はマギーへの愛を認めながら、「僕は決して君を選ばない」と冷たく突き放した。

「憎しみが情熱に変わるとき」

リン・グレアム／柿沼摩耶　訳

フローラは亡き妹夫婦の娘を引き取ろうとするが、妹の夫の兄であるオランダ人鉄鋼王アンヘロに奪われ、誘惑の罠に落ちる。やがて彼女は妊娠に気づき…。

「ダークスーツを着た悪魔」

サラ・モーガン／小池　桂　訳

ポリーの父が経営する小さな広告代理店が、ギリシア富豪デイモンに買収された。これは父への嫌がらせなの？　反発する彼女の唇を強引に奪ったデイモンは…。

「忘れるために一度だけ」

ロビン・ドナルド／秋元由紀子　訳

18歳のホープは憧れの富豪キアと継父の取り引きに利用され、傷ついて家を出た。4年後、突然現れた彼と一夜限りの契りを結んで別れるが、身ごもってしまい…。

「風のむこうのあなた」

アン・メイジャー／千草ひとみ　訳

妹の息子を育てるエイミー。息子の父親はエイミーの元恋人ニックらしいが、彼はエイミーとの子と思って彼女と強引に結婚する。ある日、息子が病で生死の境を彷徨い…。